文春文庫

一人称単数

村上春樹

文藝春秋

目次

装画　豊田徹也
装丁　大久保明子

一人称単数

石のまくらに

ここで語ろうとしているのは、一人の女性のことだ。とはいえ、彼女についての知識を、僕はまったくと言っていいくらい持ち合わせていない。名前だって顔だって思い出せない。また向こうだっておそらく、僕の名前も顔も覚えてはいないはずだ。

彼女と出会ったとき、僕は大学の二年生で、まだ二十歳にもなっておらず、彼女はたぶん二十代の半ばくらいだったと思う。僕らは同じ職場で、同じ時期にアルバイトをしていた。そしてふとした成り行きで一夜を共にすることになった。そのあと一度も顔を合わせていない。

十九歳の頃の僕は、自分の心の動きについてほとんどなにも知らず、当然のことながら、他人の心の動きのことだってろくにわからなかった。それでも喜びと悲しみのありようだけはいちおうつかめていると、自分では考えていた。ただ喜びと悲しみのあいだにある多くの事象が、その互いの位置関係みたいなものが、まだうまく見きわめられなかっただけだ。そしてそのことがしばしば僕をひどく落ち着かない、無力な気持ちにさせた。

それでもやはり彼女についてあえて語りたいと思う。

彼女について僕の知っていること——彼女は短歌をつくっており、一冊の歌集を出版していた。歌集といっても、印刷した紙を凧糸《たこいと》みたいなもので綴《と》じて、簡単な表紙をつけただけのとてもシンプルな冊子で、自費出版とさえ言いがたいものだ。でもそこに収められた短歌のいくつかは、不思議なほど深く僕の心に残った。彼女のつくる短歌のほとんどは、男女の愛と、そして人の死に関するものだった。まるで愛と死が、互いとの分離・分断を断固として拒《こば》むものたちであることを示すかのように。

あなたと／わたしって遠いの／でしたっけ？
木星乗り継ぎ／でよかったかしら？

石のまくら／に耳をあてて／聞こえるは

流される血の／音のなさ、なさ

「ねえ、いっちゃうときに、ひょっとしてほかの男の人の名前を呼んじゃうかもしれないけど、それはかまわない？」と彼女は尋ねた。僕らは裸で布団《ふとん》の中にいた。

「べつにかまわないけど」と僕は言った。確信があるわけではなかったが、それくらいのことはたぶんかまわないだろう。要するにただの名前のことだ。名前で何かが変わるわけではない。

「大きな声を出すかもしれないけど」

「それはちょっと困るかもしれない」と僕はあわてて言った。僕の住んでいた古い木造のアパートは、昔懐かしいウエハースのように壁が薄くて脆《もろ》かったからだ。もうずいぶん夜も更《ふ》けていたし、そんな大きな声を出されたら、隣室に全部筒抜けになってしまう。

「じゃあ、そのときはタオルを嚙《か》むよ」と彼女は言った。

僕は洗面所からなるべくきれいな、しっかりしたタオルを選んで持ってきて、枕元に置いた。

「これでいいかな？」

彼女はまるで馬が新しいくつわを試すみたいに、そのタオルを何度か嚙んでみた。そして肯《うなず》いた。これでいいという風に。

それはあくまで成り行きによる結びつきだった。僕がとくに彼女を求めていたわけでもないし、彼女もとくに僕を求めていたわけでもなかった（と思う）。同じ職場で半月ばかり一緒に仕事をしていたのだが、職域が少し離れていたので、僕と彼女がまとまった会話を交《か》わす機会はほとんどなかった。その冬のあいだ、四ツ谷駅の近くの大衆向けのイタリア料理店で、僕は皿洗いやら調理場の助手のようなことをして、彼女はホールのウェイトレスをしていた。そこでアルバイトをしているのはみんな学生だったが、彼女だけは学生ではなかった。おそらくそのせいだろう、彼女の振る舞いには少しばかり超然とした雰囲気が感じられた。

彼女が十二月の半ばでその店を辞めることになり、ある日店が閉まったあと、何人かで近所の居酒屋に飲みに行った。僕も一緒に来ないかと誘われた。送別会というほどたいしたものではない。一時間ばかりみんなで生ビールを飲み、簡単なつまみをとって、あれこれ世間話みたいなことをしただけだ。そのレストランで働くようになる前、彼女が小さな不動産会社で働いたり、書店員をしていたということを、僕はそのときに知った。どの職場でも上司や経営者とうまくやれなかったのだと彼女は言った。今のレストランでは誰ともぶつからなかったけど、でも給料が安すぎて、これでずっと暮らしていくのはむずかしいから、気は進まないけど、何か新しい仕事を探すしかないのよ、と。

どんな仕事をしたいのかと誰かが尋ねた。

「べつになんだっていいのよ」と彼女は指で鼻のわきをこすりながら言った（鼻の脇に小さなほくろが二つ、星座みたいに並んでいた）。「どうせたいした仕事なんてあるわけないんだから」

僕はその頃阿佐ヶ谷に住んでいて、彼女の住まいは小金井にあった。だから四ツ谷の駅から一緒に中央線快速に乗って帰った。座席に二人で並んで腰掛けていた。時刻はもう十一時を過ぎていた。木枯《こが》らしの強く吹く肌寒い夜だった。気がつくといつの間にか、手袋とマフラーが必要な季節が巡《めぐ》ってきていた。電車が阿佐ヶ谷に近づき、僕が席を立って降りようとしたとき、彼女は顔を上げて僕を見て「ねえ、もしよかったら、今日きみのところに泊めてもらえないかな？」と小さな声で言った。

「いいけど、どうして？」

「小金井までは遠いから」と彼女は言った。

「狭《せま》い部屋だし、けっこう散らかっているけど」と僕は言った。

「そういうのはぜんぜん気にしない」と彼女は言った。そして僕のコートの腕をとった。

彼女は僕の狭くてみすぼらしいアパートにやってきて、そこで二人で缶ビールを飲んだ。時間をかけてビールを飲んでしまうと、当り前のように彼女は僕の目の前でするすると服を脱いであっという間に裸になり、布団に入った。僕もそのあとから同じように服を脱いで、布団の中に入った。電灯は消したが、ガスストーブの火で部屋は明るかった。僕らは布団の中で、お互いの身体を不器用に温め合った。しばらくのあいだどちらも口をきかなかった。急に裸になってしまって、そこでどんな話をすればいいのかよくわからなかったからだ。でもお互いの身体が少しずつ温まり、堅さがほぐれていくのを、僕らは文字通り肌身に感じ取ることができた。それは不思議に親密な感覚だった。

「ねえ、いっちゃうときに、ひょっとしてほかの男の人の名前を呼んじゃうかもしれないけど、それはかまわない？」と彼女が僕に尋ねたのはそのときだった。

「その人のことが好きなの？」、タオルを用意したあとで僕は彼女にそう尋ねた。

「そう。とても」と彼女は言った。「すごく、すごく好きなの。いつも頭から離れない。でも彼は私のことがそれほど好きなわけじゃない。ていうか、ほかにちゃんとした恋人もいるし」

「でもつきあっているの？」

「うん。彼はね、私の身体がほしくなると、私を呼ぶの」と彼女は言った。「電話をかけて出前をとるみたいに」

どう言えばいいのかわからなかったので、僕は黙っていた。彼女は指先で僕の背中に何かの図形をしばらく描いていた。あるいは崩して書かれた字だったかもしれない。

「おまえは顔はぶすいけど、身体は最高だって彼は言うの」

彼女がとくにぶすいとは思わなかったが、美人と呼ぶには確かにいくらか無理があったかもしれない。具体的にどんな顔をしていたか、今となってはまったく思い出せなくて、細かい描写をすることはできないのだが。

「でも呼ばれたら行くんだ？」

「だって好きなんだから、しょうがないでしょう」と彼女は当然のことのように言った。「どんなこと言われたって、やっぱりときどきは男の人に抱かれたくなるんだから」

僕はそれについて少し考えてみた。でも「ときどきは男の人に抱かれたくなる」というのが、女性にとって具体的にどのような気持ちの状態であるのか、その頃の僕にはうまく思い浮かべられなかった（考えてみれば、今だってあまり理解できていないような気はするけれど）。

「人を好きになるというのはね、医療保険のきかない精神の病にかかったみたいなものなの」と彼女は言った。壁に書かれた文字を読み上げるような平坦な声で。

「なるほど」と僕は感心して言った。

「だからきみも、私のことを誰かほかの人だと思っていいよ」と彼女は言った。「誰か好きな人はいるんでしょ？」

「いるよ」

「だったらきみも、いくときにその人の名前を呼んでかまわないよ。私もそういうの気にしないから」

でも僕はその女性——好きだけれど、事情があって関係をうまく深めることができない女性が当時の僕にはいた——の名前を呼んだりはしなかった。呼ぼうかとも思ったのだが、途中でなんとなく馬鹿馬鹿しくなって、そのまま何も言わずに彼女の中に射精した。彼女はたしかに大声で男の名前を呼ぼうとしたので、僕は急いで彼女の歯のあいだにタオルを強く押し込まなくてはならなかった。それはとても頑丈《がんじょう》そうな歯だった。歯医者が見たら思わず感動してしまいそうなくらい。そのとき彼女がどんな名前を口にしたのか、それももう覚えてはいない。ぱっとしない、よくある名前だったとしか覚えていない。そんなつまらない名前でも、彼女にとっては大きな意味を持っているんだ、と感心したことを記憶している。ただの名前が、あるときには人の心を大きく揺り動かすのだ。

翌朝早い講義があり、そこで中間試験がわりの大事なレポートを提出しなくてはならなかったのだが、もちろんそんなものはすっぽかしてしまうことになった（おかげで後日いろいろ大変な目にあうのだが、それはまた別の話だ）。僕らは昼前にようやく目を覚まし、お湯を沸《わ》かしてインスタント・コーヒーを飲み、トーストを焼いて食べた。冷蔵庫に卵がいくつか残っていたので、それも茹《ゆ》でて食べた。澄んだ空には雲ひとつなく、朝の光がとても眩《まぶ》しく、気怠《けだる》かった。

彼女はバターを塗ったトーストを囓《かじ》りながら僕に、大学で何を専攻しているのかと尋ねた。文学部にいると僕は言った。

小説家になりたいのかと彼女は尋ねた。

とくにそういうつもりはないと、僕は正直に答えた。当時の僕には小説家になるつもりなんてまるでなかった。そんなことは考えつきもしなかった（クラスには小説家志望だと公言する連中が山ほどいたけれど）。そう返事をすると、彼女は僕に対する興味を失ったみたいだった。もともとそれほどの興味は持ってなかったのだろうが、それでも。

昼間の明るい光の中で、彼女の歯形がくっきりとついたタオルを目にするのはなんだか不思議なものだった。よほど強く噛みしめたのだろう。昼の光の中で見る彼女自身も、ずいぶんそぐわない感じがした。僕が目の前にしているあまり血色のよくない、骨張った小柄な女性が、窓から差し込む冬の月明かりの中で僕の腕に抱かれて、なまめかしい歓喜の声をあげていた同じ女性だとはとても思えなかった。

「私は短歌をつくっているの」と彼女はほとんど唐突に言った。

「短歌？」

「短歌って知ってるでしょ？」

「もちろん」。短歌がどういうものか、いくら世間知らずの僕でもそれくらいは知っている。「でも考えてみたら、実際に短歌をつくっている人に会ったのは初めてだ」

彼女は楽しそうに笑った。「でもね、そういう人がこの世の中にはちゃんといるのよ」

「何かそういうサークルに入っているの？」

「ううん、そんなのじゃなくて」と彼女は言った。そして肩を小さくすぼめた。「だって短歌なんて一人でつくれるもの。そうでしょ？　バスケットボールをするわけじゃないんだから」

「どんな短歌？」

「聞きたい？」

僕は肯いた。

「ほんとに？　ただ話を合わせているだけじゃなくて？」

「ほんとに」と僕は言った。

それは嘘ではなかった。つい数時間前に、僕の腕の中であえぎ、大きな声で別の男の名前を呼んでいた女性が、いったいどんな短歌を詠《よ》むのか、けっこう真剣に知りたかったのだ。

彼女はしばらく迷ってから言った。「今ここで口に出して詠み上げるのは、さすがに恥ずかしくてできない。まだ朝のうちだしね。でも歌集みたいなのを一冊出しているから、もしほんとに読みたいのなら、あとで送ってあげるよ。きみの名前と、ここの住所を教えてくれる?」

メモ用紙に名前と住所を書いて渡すと、彼女はそれを眺め、四つに折りたたんで、オーバーコートのポケットにしまった。淡いグリーンの、かなりくたびれたオーバーコートだった。丸い襟《えり》のところにスズランの花のかたちをした、銀色のブローチがついていた。それが南向きの窓から差し込む日の光にきらりと光ったことを覚えている。僕は花にはまったく詳《くわ》しくないが、スズランの花だけはなぜか昔から好きなのだ。

「泊めてくれてありがとう。一人で小金井まで電車に乗っていたくなかったんだよ、ほんとに」と彼女は部屋を出て行くときに言った。「女の人にはときどきね、そういうことがあるの」

僕らにはそのときちゃんとわかっていた。二人が顔を合わせることはもう二度とないだろうと。彼女はただその夜、一人で小金井まで電車に乗っていたくなかった——ただそれだけのことなのだ。

一週間後に彼女の「歌集」が郵便で送られてきた。正直なところ、そんなものが本当に僕の手元に届くとは、ほとんど期待していなかった。彼女は僕と別れて小金井の住まいに戻る頃には、僕のことなんかすっかり忘れてしまい（あるいはできるだけ早く忘れてしまおうと思って）、いずれにせよ歌集を封筒に入れ、僕の名前と住所をそこに記《しる》し、切手まで貼って、わざわざポストに投函するような——ひょっとしたら郵便局まで足を運んだかもしれない——手間のかかることをするはずはあるまいと踏んでいた。だからある朝、アパートの郵便受けにその封筒が差し込まれているのを目にしたとき、僕は少なからず驚かされた。

歌集のタイトルは『石のまくらに』、作者の名前はただ「ちほ」と記されていた。本名なのかペンネームなのか、それも定かではない。アルバイト先で彼女の名前を何度か耳にしたことがあったはずだが、どうしても思い出せなかった。でも「ちほ」と呼ばれていなかったことだけは確かだ。事務的な茶封筒には差出人の住所も名前も書かれておらず、手紙もカードも同封されていなかった。白い凧糸のようなもので綴じられた薄っぺらな歌集が一冊、無言のうちに収められていただけだ。ガリ版刷りなんかではなく、いちおうきれいに活字印刷されたもので、紙も分厚く上質のものだった。おそらく作者が、印刷されたページを順番にかさね、そこに厚紙の表紙を付け、一冊一冊丁寧に糸で綴じて本のかたちにしたのだろう。製本の費用を節約するために。彼女が一人黙々と、そういう手内職のような作業をしているところを、僕は想像してみようとした（うまく想像できなかったが）。最初のページには28という番号が、ナンバリングのスタンプで捺《お》してあった。限定版の28冊目ということなのだろう。全部でいったい何冊がつくられたのだろう？　値段はどこにも書かれていなかった。そんなものはもともとなかったのかもしれない。

　僕はその歌集のページをすぐには開かなかった。しばらく机の上に置きっぱなしにして、ときどきちらちらと表紙を眺めていた。興味がなかったわけではなく、誰かのつくった歌集を読むには――とくにそれが一週間ほど前に身体を重ねた相手であるような場合には――それなりの心の準備のようなものが必要とされるはずだと感じたからだ。一種の礼儀みたいなものかもしれない。僕が歌集を手にとってページを開いたのは、その週末の夕方だった。窓際の壁にもたれ、冬の夕暮れの光の中でそれを読んだ。歌集には全部で四十二首の短歌が収録されていた。一ページにひとつの短歌。決して多い数ではない。前書きや後書きのようなものはいっさいなく、出版の期日も記されていない。ただ白い紙の上に、余白を広くとって、率直な黒い活字で印刷された短歌が並んでいるだけだ。

もちろん立派な文芸作品のようなものを、そこに期待していたわけではない。前にも言ったように、ただ少しばかり個人的な興味があっただけだ。僕の耳元で、タオルを嚙みしめながらどこかの男の名前を叫んでいた女性が、いったいどのような短歌をつくるのだろうと。でもその歌集に目を通しているうちに僕は、そこにある短歌のいくつかに心を引かれている自分を発見することになった。

僕は短歌についてはほとんど何も知らなかった(今だって同じくらい何も知らないのだけれど)。だからどのような作品が短歌として優《すぐ》れており、どのようなものがそれほど優れていないのか、そういう客観的判断を下すことはできない。でも優れているとか優れていないとか、そんな基準からは離れたところで、彼女のつくる短歌のいくつかは——具体的に言えばそのうちの八首ほどは——僕の心の奥に届く何かしらの要素を持ち合わせていた。

たとえばこういう歌があった。

今のとき／ときが今なら／この今を
ぬきさしならぬ／今とするしか

やまかぜに／首刎《は》ねられて／ことばなく
あじさいの根もとに／六月の水

不思議なことだけれど、歌集のページを開き、そこに大ぶりな活字で黒々と印刷されたそれらの歌を目で追い、また声に出して読んでいると、あの夜に目にした彼女の身体を、僕は脳裏《のうり》にそのまま再現することができた。それは翌朝の光の中で見た、あまりぱっとしない彼女の姿かたちではなく、月光を受けて僕の腕に抱かれている、艶《つや》やかな肌に包まれた彼女の身体だった。形の良い丸い乳房と、小さな固い乳首と、まばらな黒い陰毛と、激しく濡れた性器。彼女はオーガズムを迎え、タオルを思い切り嚙みしめたまま目を閉じ、僕の耳元で別の男の名前を、何度も何度も切なく呼び続けていた。僕がもう思い出せない、どこかの男のとても平凡な名前を。

また二度と／逢うことはないと／おもいつつ
逢えないわけは／ないともおもい
会えるのか／ただこのままに／おわるのか
光にさそわれ／影に踏まれ

彼女が今でもまだ短歌をつくりつづけているのかどうか、もちろん僕にはわからない。前にも言ったように、彼女の名前も知らないし、顔だってほとんど思い出せない。僕が覚えているのは本の表紙にある「ちほ」という名前と、窓から差し込む冬の白い月光にぬめっていたその無防備で柔《やわ》らかな肉体、そして鼻の脇に星座のように並んだ二つの小さなほくろだけだ。

あるいはもう彼女は生きていないかもしれない、そう考えることがある。彼女はどこかの地点で自らの命を絶ってしまったのではないかという気がしてならないのだ。詠まれた歌の多くは——少なくともその歌集に収められていた短歌の多くは——疑いの余地なく、死のイメージを追い求めていたからだ。それもなぜか刃物で首を刎ねられることを。それが彼女にとっての死のあり方だったのかもしれない。

午後をとおし／この降りしきる／雨にまぎれ
名もなき斧が／たそがれを斬首

しかしとにかく僕は、彼女がまだこの世界のどこかにいることを心の隅で願っている。生き延びていてほしい、そして今でも歌を詠み続けていてくれればと、ふと思うことがある。どうしてだろう？　どうしてそんなことをわざわざ考えたりするのだろう？　この世界で僕の存在と彼女の存在とを結びつけているものなんて、実際には何ひとつないというのに。たとえどこかの通りですれ違ったとしても、あるいは食堂のテーブルで隣り合わせたとしても、互いの顔を認める可能性なんて（おそらくは）まったくないというのに。僕らは二本の直線が交わり合うように、ある地点でいっときの出会いを持ち、そのまま離れていったのだ。

あれから長い歳月が過ぎ去ってしまった。ずいぶん不思議なことだが（あるいはさして不思議なことではないのかもしれないけれど）、瞬《また》く間に人は老いてしまう。僕らの身体は後戻りすることなく刻一刻、滅びへと向かっていく。目を閉じ、しばらくしてもう一度目を開けたとき、多くのものが既に消え去っていることがわかる。夜半の強い風に吹かれて、それらは——決まった名前を持つものも持たないものも——痕跡ひとつ残さずどこかに吹き飛ばされてしまったのだ。あとに残されているのはささやかな記憶だけだ。いや、記憶だってそれほどあてにはなるものではない。僕らの身にそのとき本当に何が起こったのか、そんなことが誰に明確に断言できよう？

それでも、もし幸運に恵まれればということだが、ときとしていくつかの言葉が僕らのそばに残る。彼らは夜更けに丘の上に登り、身体のかたちに合わせて掘った小ぶりな穴に潜り込み、気配を殺し、吹き荒れる時間の風をうまく先に送りやってしまう。そしてやがて夜が明け、激しい風が吹きやむと、生き延びた言葉たちは地表に密やかに顔を出す。彼らはおおむね声が小さく人見知りをし、しばしば多義的な表現手段しか持ち合わせない。それでも彼らには証人として立つ用意ができている。正直で公正な証人として。しかしそのような辛抱強い言葉たちをこしらえて、あるいは見つけ出してあとに残すためには、人はときには自らの身を、自らの心を無条件に差し出さなくてはならない。そう、僕ら自身の首を、冬の月光が照らし出す冷ややかな石のまくらに載せなくてはならないのだ。

あるいは僕以外に、彼女の詠んだ歌を記憶しているものなど、ましてやそのいくつかをそらで暗唱できるものなど、この世界のどこにも存在していないかもしれない。その凧糸で綴じられた薄い私家版の歌集は、今ではみんなに忘れ去られ、この「28番」以外は一冊残らず散逸し、木星と土星のあいだのどこかにある無明の闇に吸い込まれて消えてしまったかもしれない。あるいは彼女自身だって（たとえまだ無事に生きていたとしても）、自分が若い頃につくった短歌のことなど、もうろくすっぽ思い出せないかもしれない。僕がこのように彼女の歌をいまだに覚えているのは、それが彼女があの夜に噛みしめていたタオルの歯形の記憶と結びついているからという、ただそれだけのことに過ぎないかもしれない。そしてそんなものごとをいつまでも記憶に留めていることに、その変色した歌集をときおり抽斗《ひきだし》から出して読み返したりすることに、いったいどれほどの意味や価値があるものか、僕にもそれはわからない。正直言って、本当によくわからないのだ。

しかしなにはともあれ、それはあとに残った。ほかの言葉や思いはみんな塵《ちり》となって消えてしまった。

たち切るも／たち切られるも／石のまくら
　うなじつければ／ほら、塵となる

クリーム

　十八歳のときに経験した奇妙な出来事について、ぼくはある年下の友人に語っている。どうしてそんな話をすることになったのか、経緯はよく思い出せない。なにかの流れでたまたまそういう話になった。しかしいずれにせよ、ぼくが十八歳だったのは遥《はる》か昔のことだ。ほとんど古代史みたいなものだ。おまけにその話には結論がない。

「そのときはもう高校を卒業していた。大学には入っていなかった。いわゆる浪人生の身分だよ」とぼくはまず説明する。「気分は中途半端だったけど、とくに困った状態というのでもなかった。まずまずの私立大学に入ろうと思えば、簡単に入れるとわかっていたから。でも親に国立大学を受けるように言われ、無理だろうと思いつつ受験し、予想通り合格しなかった。当時の国立大学は数学が入試の必須科目だったんだが、ぼくは微積分《びせきぶん》計算にはこれっぽちも興味を持ち合わせていなかった。それでほとんどアリバイ作りみたいに、一年間ふらふら時間をつぶしていた。予備校にも行かず、図書館に通って分厚い小説ばかり読んでいた。両親はぼくがそこで受験勉強に励んでいると思っていただろう。でも仕方ない。微積分計算の原理を追究するよりは、バルザック全集を読破する方がずっと愉《たの》しかったから」

その年の十月の初めにぼくは、ある女の子からピアノ演奏会への招待状を受け取った。彼女はぼくよりひとつ学年が下で、同じ先生にピアノを習っていた。一度だけ、モーツァルトの四手のための小品を連弾したことがある。でもぼくは十六歳のときにピアノのレッスンに通うのをやめて、そのあと彼女とは顔を合わせたこともなかった。なのに今になってなぜ急にそんな集まりに招待されるのか、その理由がわからなかった。ぼくに関心があるのだろうか？　まさか。彼女はぼくの好みの顔立ちではなかったにせよ、いわゆる美形だったし、いつも新しい洒落《しゃれ》た服を着て、お金のかかる私立の女子校に通っていた。どう考えても、ぼくみたいなぱっとしない普通の男子に関心を持ったり、思いを寄せたりするタイプではない。

連弾をしているときにぼくが間違いを犯すと、彼女はいつもいやな顔をした。彼女のピアノの腕はぼくより上だったし、おまけにぼくは緊張症だったので、二人で並んでピアノを弾いているとよくミスをした。肘《ひじ》がぶつかりあうこともたまにあった。それほどむずかしい曲ではなかったし、おまけにぼくは易《やさ》しい方のパートを受け持っていたのだが、それでも。そのたびに彼女は「ほんとにもう」という表情をちらりと浮かべた。小さく——でもちゃんと聞こえるように——舌打ちをすることさえあった。その舌打ちの音を今でも思い出せる。ぼくがそろそろピアノをやめようと決心したのは、その音のせいもあったかもしれない。

いずれにせよ、ぼくと彼女はたまたま同じピアノの教室に通っている生徒というだけの間柄だった。教室で顔があえば挨拶をしたが、親しく個人的な話をした記憶はない。だから彼女から突然リサイタル（彼女一人だけではなく、グループの三人合同で開くリサイタルだったが）の招待状が届いたことはぼくにとっては意外な、というか戸惑わせられる出来事だったのだ。でもその年のぼくは、なにしろ暇だけは掃いて捨てるほど持ち合わせていたから、とりあえず出席の返事の葉書を出しておいた。彼女がなぜ今頃になって突然、自分のピアノ・リサイタルにぼくを招待したのか、そのわけを——もしわけなんてものがあるのなら——知りたかったということも、理由のひとつになっていた。彼女はあれからピアノの腕が更に上がって、それをぼくに見せたいのかもしれない。それともぼくに何か個人的に伝えたいことがあるのかもしれない。要するにぼくは、好奇心というものの正しい扱い方を、あちこち頭をぶっつけながら学習する途上にあったということになるだろう。

リサイタルの会場は神戸の山の上にあった。阪急電車の＊＊駅で降り、バスに乗って曲がりくねった急坂を上がっていく。山頂近くのバス停留所で降りて、少し歩いたところに、ある財閥系の会社が所有運営する小ぶりなホールがあり、そこでリサイタルがおこなわれるということだった。そんな山の上の不便なところに——閑静な高級住宅街だ——ホールがあるなんて初めて耳にしたが、もちろん世の中にはぼくの知らないことがたくさんある。

招待されたのだから何か持って行かないとまずいだろうと思い、駅前の花屋で適当な花を選んで花束を作ってもらい、ちょうどやってきたバスに乗った。肌寒く曇った日曜日の午後だった。空は分厚い灰色の雲に覆《おお》われ、今にも冷たい雨が降り出しそうだった。風はない。ぼくは薄い無地のセーターの上に、青の混じったグレーのヘリンボンのジャケットを着て、キャンバスのショルダーバッグをたすき掛けにしていた。ジャケットは新しすぎたし、バッグはくたびれすぎていた。そして片手にセロファンで包まれた、派手な赤い花束を持っていた。そんな格好でバスに乗っていると、まわりの乗客たちがちらちらとぼくの方を見た。あるいは見られているような気がした。頬《ほお》が赤くなるのが自分でもわかった。その頃のぼくはなにかあると、すぐに頬が赤くなった。そしてその赤みはなかなか引いてくれなかった。

どうしてこんなところにぼくはいるのだろう？　座席の上で肩を丸め、熱くなった頬を手のひらで冷やしながら、自分にそう問いかけた。とくに会いたくもない女の子の、とくに聴きたくもないピアノ・リサイタルのために、小遣いをはたいて花束まで買って、今にも雨の降り出しそうな十一月の日曜日の午後に、こんな山のてっぺんまでわざわざやってくるなんて。出席の返事の葉書をポストに投函したとき、ぼくの頭はどうかしていたに違いない。

山を上るにつれてバスの乗客の数は減っていき、指定された停留所に着いたとき、車中に残っているのはぼくと運転手の二人だけになっていた。バスを降り、葉書の指示にあるとおり、そこからだらだらと続く坂道を歩いて上っていった。角を曲がるごとに港の風景が見えたり見えなくなったりした。港にはたくさんのクレーンが見えた。空が曇っているせいで、海は鉛《なまり》を敷き詰めたような鈍《にぶ》い色に染まり、宙に突き出したごつごつとしたクレーンは、海の底から這い出してきた不格好な生物の角《つの》のように見えた。

坂を上るにつれてまわりの家はだんだん大きくなり、豪華になっていった。どの家も立派な石垣の上に建てられ、大きな門と、車が二台入る車庫がついていた。ツツジの植え込みはとてもきれいに刈り込まれていた。どこか近くで大型犬が吠える声が聞こえた。犬は三度だけ強く吠《ほ》えて、それから誰かに厳しく命じられたみたいにきっぱり沈黙した。

案内状に書かれた地番と簡単な地図を頼りに坂を上っていったが、歩くにつれて、漠然とした不吉な予感がぼくの中で膨《ふく》らんでいった。何かがおかしい——まず人通りがあまりになさすぎる。バスを降りて歩き始めてから、一人の通行人とも出会っていない。二台の車とはすれ違ったが、どれも上から下に降りてくる乗用車だった。もしこのあたりでリサイタルみたいなものが開かれているとすれば、もう少し人の動きがあっていいはずだ。なのにあたりに人影はなく、すべては深く静まりかえっている。まるで頭上の分厚い雲が物音をそっくり吸い込んでしまったみたいに。

何かを間違えたのだろうか？

上着のポケットから招待状を引っ張り出して、場所と日時をもう一度確認してみた。うっかり読み違えをしたのかもしれない。しかしどれだけ注意深く読み返しても、間違いはなかった。通りの名前もあっているし、バス停の名前もあっているし、日時もあっている。ぼくは一度深呼吸をして自分を落ち着かせ、それからまた歩き出した。とにかくそのホールまで行ってみるしかない。

ようやく目指す建物に着いたとき、その大きな両開きの鉄扉《てっぴ》が固く閉ざされていることがわかった。鉄扉には太い鉄の鎖がぐるぐると巻かれ、巨大な南京錠《なんきんじょう》まではめられていた。まわりに人の気配はない。扉の隙間からまずまずの広さの駐車場が見えたが、そこには一台の車も駐まっていなかった。敷石のあいだから緑の雑草が顔を出しており、駐車場はもう長いあいだ使用されていないように見えた。それでも、門に掲げられている大きな表札は、その建物が間違いなくぼくの目指しているホールであることを告げていた。

門扉についているインターフォンのボタンを押してみたが、誰も出なかった。時間を置いてもう一度押してみたが、やはり返答はない。腕時計に目をやった。リサイタルの開始時刻のもう十五分前になっている。しかし門扉が開かれそうな様子は見えない。鉄の門扉はところどころで塗料がはがれ、錆《さび》が浮き始めているようだった。ほかにやることも思いつかないので、念のためにもう一度、前より長くボタンを押してみたが、反応は同じだった――深い沈黙。

どうすればいいのかわからなかったので、重い鉄扉にもたれかかるようにして十分ばかりそこに立っていた。そのうちに誰かが姿を見せるかもしれないという淡い期待を抱いて。しかし誰も現れなかった。扉の内側にも外にも、動きらしいものは見受けられなかった。風はなく、鳥も鳴かず、犬も吠えない。頭上は相変わらず灰色の雲に切れ目なく覆われていた。

そこでぼくはようやくあきらめ（それ以外にいったいなにができただろう？）、重い足取りでもと来た道を戻り始めた。さっき降りたばかりのバス停に向かって。なにがどうなっているのかさっぱり事情がわからなかったが、今日ここでピアノ・リサイタルみたいなものが催《もよお》されそうにないということだけは明らかだった。赤い花束を手に、このまま家に帰るしかない。きっと母親に「この花束はいったい何なの？」と訊かれるだろうが、適当に返事をするしかない。できれば駅のゴミ箱にでも放り込んでしまいたかったが、あっさり捨ててしまうには――もちろんぼくにしてみればということだが――値段の張るものだった。

少し坂を下ったところの道路の山側に、こぢんまりとした公園があった。敷地の広さはだいたい家一軒ぶんくらいだろう。奥の突き当たりはなだらかな崖の壁になっている。公園といっても、水飲み場もなく、遊具が置いてあるわけでもない。中央に、屋根のついた小さな四阿《あずまや》がひとつぽつんと建っているだけだ。四阿の壁は斜め向きの格子になっていて、そこに蔦《つた》が遠慮がちにからんでいる。まわりには灌木《かんぼく》が配され、地面には四角い平石が敷かれている。どういう目的でつくられたものかわからないが、誰かが定期的に手入れをしているらしく、樹木と植え込みは形を整《ととの》えられ、雑草は刈られ、あたりにはゴミひとつ落ちていなかった。坂道を上ってくるときは、そんな公園があることに気づかず通り過ぎてしまったのだが。

気持ちを整理するためにその公園に入り、四阿の壁付きのベンチに腰を下ろした。もう少し成りゆきを見てみたいということもあったが(人々が突如姿を見せ始めるかもしれない)、いったん腰を下ろすと、自分がひどく疲れていることに気がついた。ずいぶん前から疲れが溜まっていたのに、それに気づかないまま日々を過ごしてきて、今ようやく思い当たったというような少し不思議な疲れ方だった。四阿の入り口からは港が一望に見渡せた。突堤には大きなコンテナ船が何隻も停泊していた。山の上から見下ろすと、埠頭に積み上げられた四角い金属のコンテナは、小銭やクリップなんかを入れておく、卓上の小さな箱のようにしか見えなかった。

やがて遠くから人の声が聞こえてきた。肉声ではなく拡声器を通した声だ。話の内容までは聞き取れなかったが、その誰かはセンテンスをひとつひとつ明瞭に句切り、丁寧に、感情をいっさい込めずに語りかけていた。何かとても大事な事柄を、できるだけ客観的に伝えようとしているみたいに。ひょっとしてそれはぼくに（ぼくだけに）向けられた個人的なメッセージかもしれない、ふとそう思った。ぼくの間違いがどこにあったのか、ぼくが何を見落としていたのか、誰かがそれをわざわざ教えにきてくれたのだと。普通に考えればあり得ないことだが、そのときはなぜかそのように思えたのだ。ぼくは耳を澄ませた。声は次第に大きく、聞き取りやすくなってきた。おそらく車の屋根に拡声器を載せ、坂道をゆっくりと上がってきているのだろう（決して先を急いではいないようだ）。やがてそれがキリスト教の宣教をする車であることがわかった。

「人はみな死にます」とその語り手は冷静な、いくぶん単調な声で告げていた。「すべての人がいつかは死を迎えます。この世界に死なない人はひとりもおりません。そしてまた、死後の裁きを受けない人もおりません。すべての人は死んだ後、その犯した罪によって厳しく裁《さば》かれます」

ベンチに腰を下ろしたまま、ぼくはそのメッセージに耳を澄ませていた。そしてどうしてこんな人気《ひとけ》のない、山の上の住宅地で宣教活動をしなくてはならないのだろうかと不思議に思った。このあたりに住んでいるのは車を何台も所有している裕福な人ばかりだ。ほとんどはおそらく罪からの救いなんて求めてはいないだろう。いや、そうじゃないのかな？　収入や地位と、罪や救いとは関係のないものごとなのかもしれない。

「しかしイエス・キリストに救いを求め、犯した罪を悔い改める人は、主によってその罪を許されます。地獄の業火を免《まぬが》れることができます。ですから神を信じてください。神を信じるものだけが、死後の救いを得るのです。そして永遠の生命を手にすることができるのです」

ぼくはそのキリスト教の宣教車が目の前の道路に姿を見せ、死後の裁きについて更に詳しく語ってくれるのを待ち受けた。なんでもいい、力強くきっぱりした口調で語られる言葉を、おそらくぼくは求めていたのだと思う。でも車は現れなかった。拡声器の声はこちらに近づいてくるように思えたのだが、ある時点から急にまた小さく不明瞭になり、そのうちに何も聞こえなくなってしまった。きっとどこかの曲がり角を、こちらではない方向に折れていったのだろう。その車が姿を見せないままどこかに去っていったことで、自分が世界中から見捨てられてしまったような気持ちになった。

ぼくは彼女にかつがれたのかもしれない、そこではっとそう思った。どこからともなくそういう考えが頭に浮かんだ——いや、直観したというべきだろうか。彼女は何かしらの理由で——どんな理由だかは思いつけないが——虚偽の情報を与え、日曜日の午後にぼくをこんな山の上まで引っ張り出したのだ。何かがあって、彼女はぼくに対して個人的な怨《うら》みなり憎しみを抱くようになったのかもしれない。それともとくに理由もなく、ただ単に我慢できないほどぼくのことを不快に思っていたのかもしれない。それでありもしないリサイタルの招待状を送りつけ、ぼくがだまされるのを見て（というかその滑稽な姿を思い浮かべて）どこかでほくそえんでいるのかもしれない。あるいは大笑いしているのかもしれない。

しかしそれほど手の込んだ嫌がらせを、人はただの悪意からおこなえるものだろうか？　葉書の印刷だって手間はかかったはずだ。そこまで人は意地悪くなれるものだろうか？　彼女に憎まれるようなことをした覚えはぼくにはまるでなかった。でも人は自分では気がつかないところで、他人の気持ちを踏みにじったり、プライドを傷つけたり、不快な思いをさせたりすることがある。そういう考えられなくはない憎しみのいくつかの可能性について、そこにあったかもしれない誤解のいくつかの可能性について考えを巡らせてみたが、どれをとってもぼくとしては納得のいかないものだった。そしてそんな感情の迷路を収穫もないまま往き来しているうちに、ぼくの意識は目じるしを見失ってしまった。気がつくと呼吸がうまくできなくなっていた。

当時、年に一度か二度くらいだろうか、そういう症状に襲われることがあった。たぶんストレス性の過呼吸みたいなものだったのだろう。なにかしらぼくの心を混乱させることが持ち上がり、その結果、気道が塞《ふさ》がれたような状態になり、肺に空気を吸い入れようとしてもうまくできなくなる。急流に呑まれて溺れかけているときのようなパニック状態に陥り、身体が思い通りに動かなくなる。その場にしゃがみこんで目を閉じ、身体が正常なリズムを取り戻すのを辛抱強く待つしかない。成長するに従ってそういうことはなくなっていったが（そういえばいつの間にか赤面もしなくなった）、十代の頃のぼくは何かと面倒な問題を抱えていたみたいだ。

四阿のベンチの上で両目を固く閉じ、身をかがめ、そのブロック状態から解放されるのを待った。五分くらいだったかもしれないし、十五分くらいだったかもしれない。時間のことはよくわからない。そのあいだぼくは、暗闇の中に浮かんでは消えていく奇妙な図形を見守り、ゆっくりと数をかぞえながら呼吸を整えようと努めた。心臓は肋骨《ろっこつ》の檻《おり》の中で、怯《おび》えた鼠《ねずみ》が駆け回るようなかさこそという不揃いな音を立てていた。

ふと気がつくと（数をかぞえることに意識を集中していたので、気がつくまでに時間がかかった）、ぼくの前に人の気配があった。誰かの視線が自分にじっと向けられている――そんな感覚があった。ぼくは用心深くそろそろと目を開き、少しだけ顔をあげた。鼓動はまだ少し乱れていた。

四阿の向かい側のベンチにいつの間にか一人の老人が腰掛けて、まっすぐこちらを見ていた。十代の少年にとって、老人の年齢を言いあてるのは簡単なことではない。みんな同じただの老人にしか見えない。六十歳か七十歳、そこにどんな違いがあるだろう？彼らはぼくらとは違ってもう若くはない――それだけのことだ。老人は瘦せた中背で、青灰色の毛糸のカーディガンを着て、茶色のコーデュロイのズボンに、紺色の運動靴を履いていた。どれをとってもそれらが新品であったときから、少なからぬ歳月が経過しているように見える。でもみすぼらしく見えたわけではない。白髪は太くて固そうで、耳の上でいくつかの塊《かたまり》が、水浴びをする鳥の羽根《はね》のように跳《は》ね上がっていた。眼鏡はかけていない。いつからいたのかはわからないが、どうやらしばらく前からぼくの姿を観察していたようだ。そういう気配があった。

たぶん「大丈夫か？」みたいなことを尋ねられるのだろうと思った。ぼくはきっと苦しそうに見えたはずだから（実際に苦しかったのだが）。それがその老人を目にして、真っ先に頭に浮かんだことだった。しかし予想に反して彼は何も言わず、何も尋ねず、ただ固く畳《たた》まれた黒いコウモリ傘をステッキのように両手にしっかり握っていた。たぶん飴《あめ》色の木製の柄《え》のついた頑丈そうな傘で、いざというときには武器にもなりそうだ。たぶん近所に住む人なのだろう。傘の他にはなにも手にしていなかったから。

そこに座ったままぼくは呼吸を整え、老人は無言のうちにそんな様子を眺めていた。視線はこちらに向けられたまま、いっときも揺らがなかった。ぼくとしては居心地が悪かったし（まるでよその家の庭に無断で入り込んでしまったときのような気がした）、できることなら一刻も早くそのベンチから立ち上がり、バス停に向かって歩き出したかった。しかしなぜかうまく立ち上がれなかった。しばらくそのまま時間が経過した。それから老人が唐突に口を開いた。

「中心がいくつもある円や」

ぼくはまっすぐ顔をあげて、相手の顔を見た。目と目が合った。額がいやに広く、鼻が尖《とが》っていることがわかった。まるで鳥のくちばしのように鋭《するど》く尖っている。ぼくが何も言えずにいると、老人は同じ言葉をやはり静かな声で繰り返した。「中心がいくつもある円や」

彼が何を言おうとしているのか、もちろんぼくにはわからなかった。ひょっとしてこの男がさっきのキリスト教の車を運転していたのではあるまいかと、ふと思った。そのへんに車を停めて、ここで一服しているのではないのか？　いや、そんなわけはない。声が違いすぎる。拡声器の声はもっと若い男の声だった。あるいはそれはテープの声だったのかもしれないが。

「円ですか？」とぼくは仕方なく声に出して尋ねた。相手は年上の人だし、返事もせず黙り込んでいるわけにはいかない。

「中心がいくつもあってやな、いや、ときとして無数にあってやな、しかも外周を持たない円のことや」と老人は額のしわを深めて言った。「そういう円を、きみは思い浮かべられるか？」

頭はまだうまく働かなかったが、礼儀としていちおう考えを巡らせてみた。中心がいくつもあって、しかも外周を持たない円。でもそんなものを思い描くことはできなかった。

「わかりません」とぼくは言った。

老人は無言のままじっとこちらを見ていた。もう少しまともな意見が返ってくるのを待っているみたいに。

「そんな円のことは数学の授業では習わなかったと思うし」とぼくは力なく付け加えた。

老人はゆっくりと首を振った。「ああ、もちろんや。あたりまえのことや。学校ではそんなことは教えてくれへんからな。ほんまに大事なことはな、学校なんかではまず教えてくれんのや。きみも知ってのとおり」

ぼくも知ってのとおり？　どうしてそんなことがこの老人にわかるのだろう？

「そんな円が本当に実際にあるのですか？」とぼくは尋ねた。

「もちろんある」と老人は言って、何度か肯《うなず》いた。「そういう円はちゃんと存在する。しかし誰にでも見えるわけやない」

「あなたには見えるのですか？」

老人は返事をしなかった。ぼくの質問はしばらくぎこちなく空中に浮かんでいたが、やがて霞《かす》んで消えていった。

老人は言った。「ええか、きみは自分ひとりだけの力で想像せなならん。しっかりと智恵をしぼって思い浮かべるのや。中心がいくつもあり、しかも外周を持たない円を。そういう血のにじむような真剣な努力があり、そこで初めてそれがどういうもんかだんだんに見えてくるのや」

「むずかしそうですね」とぼくは言った。

「あたりまえや」と老人は何か固いものでも吐き捨てるように言った。「この世の中、なにかしら価値のあることで、手に入れるのがむずかしうないことなんかひとつもあるかい」。そして文章の改行でもするみたいに簡潔にひとつ咳払いをした。「けどな、時間をかけて手間を掛けて、そのむずかしいことを成し遂げたときにな、それがそのまま人生のクリームになるんや」

「フランス語に『クレム・ド・ラ・クレム』という表現があるが、知ってるか？」

「クリーム？」

知らないとぼくは言った。フランス語のことなんてぼくは何も知らない。

「クリームの中のクリーム、とびっきり最良のものという意味や。人生のいちばん大事なエッセンス——それが『クレム・ド・ラ・クレム』なんや。わかるか？　それ以外は、みんなしょうもないつまらんことばっかりや」

その老人が何を言っているのか、そのときのぼくにはよくわからなかった。クレム・ド・ラ・クレム？

「さあ、考えなさい」と老人は言った。「もう一回目をつぶってな、とっくり考えるんや。中心がいくつもあって、しかも外周を持たない円のことを。きみの頭はな、むずかしいことを考えるためにある。わからんことをなんとかわかるようにするためにある。へいへいなと怠《なま》けてたらあかんぞ。今が大事なときなんや。脳味噌と心が固められ、つくられていく時期やからな」

ぼくはもう一度目を閉じ、その円を頭に思い浮かべようと努めた。へいへいなと怠けているわけにはいかない。中心がいくつもあって、しかも外周を持たない円のことを考えなくてはならない。でもいくら真剣に考えても、そのときのぼくにはその意味がまったく理解できなかった。ぼくの知っている円とは、中心をひとつだけ持ち、そこから等距離にある点を繋《つな》いだ、曲線の外周を持つ図形だった。コンパスで描ける単純な図形だ。老人の言っていることは、そもそも円の定義にまったく添っていないではないか？

しかしその老人の頭がおかしいとは思えなかった。ぼくをからかっているとも思えなかった。彼は今ここで、なにか大切なことをぼくに伝えようとしているのだ。どうしてかはわからないが、ぼくにはそれが理解できた。だからなおも必死に考え続けた。でもどれだけ考えても、頭は同じところをぐるぐる回っているだけだった。中心をいくつも（あるいは無数に）持つ円が、どうやって一個の円として存在しうるのだろう？　それは高等な哲学的比喩《ひゆ》のようなものなのだろうか？　ぼくはあきらめて目を開けた。もっと多くの手がかりが必要とされていた。

しかし老人の姿はもうそこにはなかった。あたりを見回してみたが、人影らしきものはどこにも見えなかった。もともとそんな人物は存在もしなかったみたいに。ぼくは幻《まぼろし》を見ていたのだろうか？　いや、それはもちろん幻なんかじゃない。彼は間違いなく目の前にいて、雨傘を堅く握りしめ、静かな声でぼくに語りかけ、不可思議な問いかけをあとに残していったのだ。

気がついたとき、ぼくは普段の穏やかな呼吸を取り戻していた。急流はもうどこかに去っていた。港の上空で、それまで空を覆っていた密な灰色の雲がところどころで途切れ始めていた。小さく開いた雲の隙間から一条《ひとすじ》の光が差し、クレーンのハウスのアルミニウムの屋根を輝かせた。まるでその一点に正確に狙いをあわせたかのように。ぼくは神話的とも言えそうなその印象深い光景を、長いあいだ飽きもせず見つめていた。

ぼくの隣にはセロファンに包まれた赤い小さな花束が置かれていた。その日ぼくの身に起こった一連の奇妙な出来事のささやかな証拠品みたいに。どうしようかと迷ったが結局、花束は四阿のベンチに残していくことにした。そうするのがいちばん正しいだろうという気がして。ぼくは立ち上がり、さっき降りたバスの停留所に向けて歩き出した。少し風が出てきたようだった。その風が頭上に淀んでいた雲を散らせたのだ。

その話を終えたとき、少し間を置いて年下の友人が口を開く。「話の筋がもうひとつうまくつかめないのですが、そのとき実際に何が起こっていたのでしょう？　そこには何か意図なり原理なりが働いていたのでしょうか？」

その晩秋の日曜日の午後、ぼくが神戸の山の上で直面させられた奇妙な状況——受け取った案内状の指示に従ってリサイタルの会場に行ってみるとそこは無人の建物であったこと——が何を意味していたのか、なぜそんな不思議な事態がもたらされたのか、彼はそれを尋ねているのだ。当然と言えば当然の疑問だ。ぼくはほとんど結論を持たない話をしているわけだから。

「それはぼくにも、いまだにわからないままだよ」とぼくは正直に答える。

そう、すべては謎の古代文字のように、解読されないまま残されている。そこで起ったのはどうにも不可解な、説明のつかない出来事だったし、それは十八歳のぼくを深く戸惑わせ混乱させた。いっとき自分を見失ってしまうくらいに。

ぼくは言う。「でも原理とか意図とか、そういうのはそこではさして重要な問題ではなかったような気がするんだ」

それを聞いて彼はよくわからないという顔つきでぼくを見る。「それがどういうことだったのか、とくに知る必要もないと？」

ぼくは黙って肯く。

友人は言う。「でも自分ならすごく気になると思いますね。どうしてそうなったか、ことの真相を知りたいと思うでしょう。もし同じ立場に置かれたとしたら」

「ぼくだってもちろん、そのときにはすごく気になったよ」とぼくは言う。「いったいどういうことなのかと考え込んだ。傷つきもしたと思う。でも時間を経て、距離を隔てて眺めてみると、みんなだんだんどうでもいいつまらないことに思えてきた。それは人生のクリームとはなんの関わりも持たないことなのだろうと」

「人生のクリーム」と彼は言う。

ぼくは言う。「ぼくらの人生にはときとしてそういうことが持ち上がる。説明もつかないし筋も通らない、しかし心だけは深くかき乱されるような出来事が。そんなときは何も思わず何も考えず、ただ目を閉じてやり過ごしていくしかないんじゃないかな。大きな波の下をくぐり抜けるときのように」

年下の友人はしばらく黙ってその大きな波について考えている。彼は年季の入ったサーファーなので、波については真剣に思いなすべきことが数多くあるのだ。そしてようやく口を開く。「しかし何も考えないというのはきっとむずかしいことなんでしょうね」

「そうだね、むずかしいことかもしれない」

この世の中、なにかしら価値のあることで、手に入れるのがむずかしうないことなんかひとつもあるかい、とあの老人は言った。ピタゴラスが定理について語るときのように、揺るぎなき確信を持って。

「それで、その中心がいくつもありながら外周を持たない円のことですが」と年下の友人は最後に尋ねる。「解答みたいなのはみつかりました?」

「どうだろう」とぼくは言う。そしてゆっくり首を振る。どうだろう?

これまでの人生で、説明もつかないし筋も通らない、しかし心を深く激しく乱される出来事が持ち上がるたびに（しばしばとまでは言わないが、何度かそういうことがあった）、ぼくはいつもその円について——中心がいくつもあって外周を持たない円について——考えを巡らせた。十八歳のときあの四阿のベンチでそうしたのと同じように、目をつぶり心臓の鼓動に耳を澄ませて。

それがどういうものかおおよそ理解できたような気がすることもあったが、更に深く考えていくとまたわからなくなった。その繰り返しだ。でもそれはおそらく具体的な図形としての円ではなく、人の意識の中にのみ存在する円なのだろう。ぼくはそう思う。たとえば心から人を愛したり、何かに深い憐れみを感じたり、この世界のあり方についての理想を抱いたり、信仰（あるいは信仰に似たもの）を見いだしたりするとき、ぼくらはとても当たり前にその円のありようを理解し、受け容れることになるのではないか——それはあくまでぼくの漠然とした推論に過ぎないわけだけれど。

きみの頭はな、むずかしいことを考えるためにある。わからんことをわかるようにするためにある。それがそのまま人生のクリームになるんや。それ以外はな、みんなしょうもないつまらんことばっかりや。白髪の老人はそう言った。秋の終わりの曇った日曜日の午後、神戸の山の上で。ぼくはそのとき小さな赤い花束を手にしていた。そして今でもまだ、何かがあるたびにぼくはその特別な円について、あるいはしょうもない、つまらんことについて、そしてまた自分の中にあるはずの特別なクリームについて思いを巡らせ続けているのだ。

チャーリー・パーカー・プレイズ・ボサノヴァ

バードが戻ってきた。

なんという素晴らしい響きだろう！　そう、あのバードがたくましい羽ばたきとともに戻ってきたのだ。この惑星のすべての場所で——ノヴォシビルスクからティンブクトゥにいたるまで——人々は空を仰《あお》ぎ、その偉大な鳥の影を目にして、歓喜の声をあげるだろう。そして世界は再び新しい陽光に満ちることだろう。

時は1963年だ。人々がバード＝チャーリー・パーカーの名前を最後に耳にしてから、既に長い歳月が過ぎ去っていた。バードは今どこでどうしているのだろう？　世界のいたるところで、ジャズを愛好する人々はそう囁《ささや》きあったものだ。まだ死んではいないはずだ。亡くなったという話を聞かないから。でもな、と誰かが言う、生きているという話も聞かないぞ。

人々が最後に耳にしたバードの消息は、パトロンであるニカ伯爵夫人に引き取られ、彼女の豪邸で闘病生活を送っているというものだった。バードがきわめつけのジャンキーであることは、ジャズ・ファンなら知らないものはいない。ヘロイン――例の真っ白な致死的な粉。それに加えて噂では、重い肺炎を患《わずら》い、雑多な内臓疾患を抱え、糖尿病の症状に苦しみ、果ては精神の病まで患っているということだった。たとえ運良く生き長らえているにせよ、今やおそらくは廃人同様の彼が楽器を手に取ることはもうあるまい。バードはそのようにして人々の前から姿を消し、ジャズ・シーンの美しい伝説となった。1955年前後のことだ。

しかしそれから八年を経た1963年の夏、チャーリー・パーカーは再びアルトサックスを手に取り、ニューヨーク近郊の録音スタジオでアルバム一枚ぶんの吹き込みをおこなったのだ。そのアルバムのタイトルは「チャーリー・パーカー・プレイズ・ボサノヴァ」！

あなたにはそれが信じられるだろうか？

信じた方がいい。それはなにしろ実際に起きたことなのだから。

これは僕が大学生の頃に書いた文章の冒頭だ。生まれて初めて活字になり、僅《わず》かなりとも稿料というものをもらった文章だ。

もちろん「チャーリー・パーカー・プレイズ・ボサノヴァ」なんてレコードは実在しない。チャーリー・パーカーは1955年3月12日に亡くなっているし、スタン・ゲッツなどの演奏によって、ボサノヴァがアメリカでブレークしたのは1962年だ。しかしもしバードが1960年代まで生き延びて、ボサノヴァ音楽に興味を持ち、もしそれを演奏していたら……という想定のもとに僕はこの架空のレコード批評を書いた。

でもこの文章を採用してくれたある大学の文芸誌の編集長はそれを現実に存在するレコードだと思い、何の疑いも持たず通常の音楽評論として、そのまま雑誌に掲載してくれた。編集長の弟が僕の友人で、「なかなか面白い文章を書くやつがいるから、使ってみたら」とその雑誌に売り込んでくれたのだ（この雑誌は四号で廃刊になったが、その原稿が掲載されたのは第三号だった）。

チャーリー・パーカーの遺した貴重な録音テープがたまたまレコード会社の保管室から発見され、このたび初めて日の目を見たという設定で僕はこの文章を書いた。自分で言うのもいささか気が引けるが、細部までもっともらしいでっちあげで固めた、ある意味熱のこもった文章だったと思う。最後にはそのレコードが実在するんじゃないかと、僕自身思ってしまいそうになったくらいだ。

雑誌が発売されると、僕の書いた文章に対して少なからず反響があった。もともと地味な大学の文芸誌だから、普段は記事に対する反響なんてほとんどない。しかし世間にはチャーリー・パーカーを神聖視するファンが少なくないようで、僕の「つまらない悪ふざけ」「心ない冒瀆《ぼうとく》」に対する抗議の手紙が何通か編集部に寄せられた。世間の人々にユーモアの感覚が欠けているのか、あるいは僕の側のユーモアの感覚にもともと歪《ひず》みがあるのか、そのへんは判断に苦しむところだ。中には僕の書いた記事を真に受けて、そのレコードを買いに実際にレコード店まで足を運んだ人もいたらしい。

編集長は、僕が彼をかついだことについていちおう苦言は呈《てい》したが（実際にはかついだわけではなく、細かい説明を省《はぶ》いただけなのだが）、掲載記事に対するそれなりのリアクションがあったことを、たとえおおむね批判的なものであったにせよ、内心は喜んでくれたようだった。その証拠に、これからも何か書き上げたものがあったら、評論でも創作でもどちらでもいいから、見せてもらいたいと言われた（見せる前に雑誌が消滅してしまったわけだが）。

前掲した僕の文章はそのあとこのように続く。

……チャーリー・パーカーとアントニオ・カルロス・ジョビン、いったいどこの誰に、そのような並外れた顔合わせを予測できただろう？　ギターはジミー・レイニー、ピアノはジョビン、ベースはジミー・ギャリソン、ドラムズはロイ・ヘインズ。名前を目にするだけで胸躍《おど》る、魅力的なリズム・セクションではないか。そしてもちろんアルト・サックスはチャーリー・〈バード〉・パーカー。

曲目を書こう。

A面

(1)コルコヴァド
(2)ワンス・アイ・ラヴド（O Amor em Paz）
(3)ジャスト・フレンド
(4)バイバイ・ブルーズ（Chega de Saudade）

B面

(1)アウト・オブ・ノーホエア

(2)ハウ・インセンシティヴ（Insensatez）
(3)ワンス・アゲイン（Outra Vez）
(4)ジンジ

『ジャスト・フレンド』『アウト・オブ・ノーホエア』の二曲だけを除いて、あとはどれもカルロス・ジョビンの手になるよく知られた曲だ。ジョビン作ではない二曲は、過去にパーカー自身の優れた演奏で知られるスタンダード曲だが、ここではやはりボサノヴァのリズムを得て、まったく新たなスタイルで演奏されている（そしてこの二曲だけ、ピアノがジョビンからヴァーサタイルなヴェテラン・ピアニスト、ハンク・ジョーンズに代わる）。

さて、ジャズの愛好家であるあなたは「チャーリー・パーカー・プレイズ・ボサノヴァ」というレコードのタイトルを耳にして、どんな思いを持つだろう？ まず最初に「え！」という驚きに打たれ、それから好奇心と期待に胸を膨《ふく》らませられるのではあるまいか。しかしほどなく、警戒心がじわり頭をもたげてくるかもしれない——さっきまで美しく晴れ渡っていた山際に、不吉な暗雲が姿を現すみたいに。

ちょっと待ってくれ、バードが、あのチャーリー・パーカーがボサノヴァを演奏するんだって？　バードは本心からその音楽を演奏したいと思ったのだろうか？　ひょっとしてコマーシャリズムに屈し、レコード会社に言いくるめられ、当世の「流行り物」に手を伸ばすことになったのではないか？　そしてもし仮に彼が本当にその音楽を演奏したいと望んだのだとしても、この骨の髄《ずい》までバップ音楽に染まったアルトサックス奏者の演奏スタイルは、南米からやってきたクールなボサノヴァ音楽とうまく調和するものだろうか？

いや、音楽スタイルはさておき、そもそも八年ものブランクを経て、彼はかつてのように自由自在にその楽器を操《あやつ》れるものなのだろうか？　あれだけの高いレベルの演奏能力と創造性を今でも維持しているのだろうか？

正直なところ、僕もそのような不安を感じないわけにはいかなかった。その音楽を一刻も早く聴いてみたいという強い期待があり、その一方で聴いてがっかりするのが怖いという怯えがあった。でもこのディスクを、息を凝らして何度か聴き終えた今、僕ははっきり断言したい。いや、高いビルの屋上にのぼり、すべての街路に向かって声を限りに叫んでもいい。もしあなたがジャズ愛好家であるなら、いや、いやしくも音楽というものを愛好する人であるなら、あなたは熱いハートとクールなマインドが創り出したこのチャーミングな音楽に、何をおいても進んで耳を傾けるべきだ、と。

（中略）

このディスクにおいてまず驚かされるのは、カルロス・ジョビンのシンプルで無駄のないピアノ・スタイルと、バードのあの能弁で流れるように奔放《ほんぽう》なフレーズの、得も言われぬ見事な絡《から》みだ。カルロス・ジョビンのヴォイス（彼はここでは歌っていない。僕が言っているのはあくまで楽器のヴォイスのことだ）と、バードのヴォイスとでは、あまりに質と方向性が違いすぎるのではないかとあなたは言うかもしれない。もちろんその二人のヴォイスは大きく異なっている。共通点を探す方がむしろむずかしいかもしれない。おまけに二人とも、相手の音楽に自分の音楽を合わせようという努力をほとんど払っていないようだ。しかしその違和感そのものが、そこにある二人のヴォイスのずれこそが、比類なく美しい音楽を作り出す原動力となっているのだ。

まずA面一曲目の『コルコヴァド』に耳を澄ませてもらいたい。この曲ではバードは冒頭のテーマを吹かない。彼がテーマを演奏するのは、最後のワン・コーラスだけだ。まずカルロス・ジョビンがピアノだけで、あの聴き慣れたテーマを静かに演奏する。リズム隊は背後でただ沈黙している。そのメロディーは窓辺に腰を下ろして、美しい外の夜景を眺めている少女の眼差しを僕らに想起させる。ほとんどがシングル・トーンで奏され、ときおり簡単なコードがそっとそこに添えられる。少女の肩の下に、柔らかなクッションを優しく差し挟むように。

そしてそのピアノによるテーマ演奏が終わると、まるでカーテンの隙間から夕暮れの淡い影が滑り込むように、バードのアルトのあのサウンドが密《ひそ》やかにやってくる。気がついたとき、彼は既にそこにいる。その継ぎ目のない嫋《たお》やかなフレーズは、まるであなたの夢の中に潜り込んでくる、名を秘した美しい想いのようだ。ずっとこのまま消えてほしくないとあなたが願うような精妙な風紋を、優しい傷跡としてあなたの心の砂丘に残していく……。

あとの文章は省こう。もっともらしい修飾に満ちた記述が続くだけだ。しかしそこにある音楽のおおよそのイメージはつかんでいただけたのではないだろうか。もちろんその音楽は実在しないものなのだが。あるいは実在しないはずのものなのだが。

そこでこの話はいったん終わる。ここからが後日談になる。

学生時代に自分がそんな文章を書いたことなんて、長いあいだすっかり忘れてしまっていた。その後の僕の人生は思いもよらず慌ただしいものになってしまったし、その架空の音楽評は結局のところ、若き日の無責任で気楽なジョークに過ぎなかった。しかしそれからおおよそ十五年後に、その文章は意外なかたちで僕のところに戻ってくることになる。まるで投げたことを忘れていたブーメランが、予想もしないときに手元に舞い戻るみたいに。

仕事でニューヨーク市内に滞在しているときに、時間が余ったので泊まっていたホテルの近くを散歩し、イースト14丁目にある小さな中古レコード店に入った。そしてそこで僕はなんと、チャーリー・パーカーのコーナーに「Charlie Parker Plays Bossa Nova」というタイトルのレコードを見つけることになる。ブートレグの私家版のようなレコードだ。白いジャケットの表側には絵も写真もなく、タイトルが、黒い活字で愛想なく印刷されているだけだ。裏側には曲目とパーソネルが記されている。驚いたことに曲目も演奏者の名前も、僕が学生時代に適当にでっち上げたものと寸分違わず同じだった。ハンク・ジョーンズが二曲だけ、カルロス・ジョビンに代わってピアノの前に座っている。

僕はそのレコードを手にしたまま、言葉もなくそこに立ちすくんでいた。身体のどこか奥の方で、小さな部位がひとつ麻痺《まひ》したような感覚があった。僕はあらためてまわりをうかがった。ここは本当にニューヨークなのか？　そこは間違いなくニューヨークのダウンタウンだった。そこの小さな中古レコード店に僕はいる。幻想の世界に迷い込んだわけではない。スーパーリアルな夢を見ているわけでもない。
レコードをジャケットから出してみた。レコードには白いラベルが貼られ、そこにタイトルと曲目が印刷されていた。レコード会社のロゴマークとかそんなものはない。レコードのトラックを見てみた。どちらの面もちゃんと四曲ずつトラックがカットされている。僕はレジの前にいる髪の長い若い店員に、このレコードを試聴することはできないかと尋ねてみた。彼は首を振った。店のレコード・プレーヤーが故障していて、試聴はできないんだと彼は言った。悪いね。

レコードには35ドルの値札がついていた。どうすればいいか、ずいぶん迷った。でも結局そのレコードを買うことなく店を出てきた。どうせ誰かのくだらない冗談だろうと思ったからだ。物好きな誰かが僕が記述したとおりの架空のレコードを形だけでっち上げたのだ。A面とB面共に四曲ずつ入っている別のレコードをもってきて、水に漬《つ》けてラベルを剝《は》がし、かわりに手製のラベルを糊《のり》で貼り付けたのだ。そんなまがい物に35ドルも払うのはどう考えても馬鹿げていた。

ホテルの近くのスペイン料理店に一人で入ってビールを飲み、簡単な夕食をとった。そのあと近所をあてもなく散歩しているとき、突然僕の中に後悔の念が湧き起こった。やはりあのレコードは買っておくべきだった。たとえそれが意味のないまがい物であったとしても、かなりのオーバープライスであったとしても、とにかく手に入れておくべきだったのだ。曲がりくねった僕の人生のひとつの奇矯《ききょう》な記念品として。僕はその足でもう一度14丁目に向かった。急ぎ足で行ったのだが、レコード店は既に閉まっていた。シャッターに取り付けられたプレートには、平日は午前11時半開店、7時半閉店と書かれていた。

翌日の昼前にもう一度そこを訪れてみた。ほつれた丸首のセーターを着た、髪の薄い中年男がレジに座って、新聞のスポーツ・ページを読みながらコーヒーを飲んでいた。コーヒー・マシーンでつくったばかりのコーヒーらしく、新鮮な心優しい香りが店内に仄《ほの》かに漂っていた。まだ開店したばかりだったから、僕の他に客の姿はなく、天井の小さなスピーカーからはファラオ・サンダーズの古い音楽が流れていた。見たところどうやら彼が店のオーナーらしかった。

チャーリー・パーカーのコーナーを探してみたが、目当てのレコードはなかった。僕は昨日、たしかにそのコーナーにレコードを戻したはずなのだが。仕方なくジャズのセクションにあるすべてのボックスを探してみた。どこか別の場所に紛れ込んでしまっているかもしれないから。しかしどれだけ探してもそのレコードは見つからなかった。僅かな時間のあいだにそれは売れてしまったのだろうか？　僕はレジに行って、丸首のセーターを着た中年の男に「昨日ここで見かけたジャズのレコードを探しているのですが」と言った。

「どんなレコード？」と彼はニューヨーク・タイムズから目を離さずに言った。

「Charlie Parker Plays Bossa Nova」と僕は言った。

男は新聞を置き、細い金属製の老眼鏡をはずし、ゆっくり僕の方を向いた。「悪いけど、もう一度言ってもらえないか？」

僕は繰り返した。男は何も言わず、一口コーヒーをすすり、それから首を小さく横に振った。「そんなレコードはどこにも存在しない」

「もちろん」と僕は言った。

「ペリー・コモ・シングズ・ジミ・ヘンドリックスでよければ、在庫はあるけれど」

「ペリー・コモ・シングズ――」と言いかけたところで、相手が冗談を言っているのだとわかった。にこりともせずに冗談を言うタイプなのだ。「でも本当に見たんです」と僕は言った。「あくまでジョークとしてつくられたものだと思うんだけど」

「そのレコードをうちで見たと？」

「そう。昨日の午後に、ここで」。僕はそのレコードの説明をした。どんなジャケットで、どんな曲が入っていたか。そして35ドルの値札がついていたこと。

「きっと何かの思い違いだろう。そういうレコードはうちには置いてない。ジャズ・レコードの買い入れと値付けは、私が一人でやっているし、そんなものを目にしたらいやでも覚えているはずだ」

そう言って彼は首を振り、老眼鏡をかけた。そしてスポーツ記事の続きを読みかけたが、ふと思い直したようにまた老眼鏡を外し、目を細め、僕の顔をじっと見た。そして言った。「しかしもし、あんたがそのレコードをいつか手に入れたなら、私にもぜひ聴かせてもらいたいものだね」

もうひとつの後日談。

そのずいぶんあとのことになるが（実を言えばかなり最近のことなのだが）、ある夜僕はチャーリー・パーカーが登場する夢を見た。その夢の中でチャーリー・パーカーは僕のために、僕ひとりだけのために『コルコヴァド』を演奏してくれた。リズム・セクション抜きの、アルトサックスのソロで。

どこかの隙間から差し込んでくる陽光の、縦長の明るみの中にバードは一人で立っていた。たぶん朝の光だ。新鮮で率直で、まだ余分な含みを持たない光だ。こちらに向けられたバードの顔は暗い影になっていたが、暗い色合いのダブル・ブレストのスーツを着て、白いシャツに明るい色のネクタイを結んでいることがなんとか見て取れた。そして彼の手にしているアルトサックスは、お話にならないほど汚れて、埃《ほこり》と錆《さび》だらけだった。一本の折れたキーはスプーンの柄と粘着テープで危なっかしくつなぎとめてあった。それを目にして、僕は首をひねらないわけにはいかなかった。いくらバードだって、こんな惨めな楽器を使ってまともな音が出せるものだろうか？

そのとき唐突に、僕の鼻はとびっきり香ばしいコーヒーの匂いを嗅《か》いだ。なんという魅力的な匂いだろう。熱くて濃厚な、できたてのブラック・コーヒーの匂いだ。僕の鼻腔は喜びに小さく震えた。しかしその匂いに心を惹《ひ》かれながらも、僕は眼前のバードからいっときも目を逸《そ》らさなかった。少しでも目を離したら、その隙にバードは姿を消してしまうかもしれないから。

どうしてかはわからないが、そのときの僕にはそれが夢であることがわかった——僕は今、バードが登場する夢を見ているのだ。ときどきそういうことがある。夢を見ながら「これは夢だ」と確信できる。そして夢の中で自分がこれほどまで鮮やかにコーヒーの匂いを嗅ぎ取れることに、僕は不思議な感動を覚えていた。

バードはやがてマウスピースを口にあて、リードの具合を試すように注意深くひとつの音を出した。そしてその音が時間をかけて消えてしまうと、更にいくつかの音を静かに、同じように慎重に並べた。それらの音はしばらくそこに浮遊してから、柔らかく地面に降りていった。それらの音が残らず地面に降りて、沈黙の中に吸い込まれてしまうと、バードは今度は前よりもずっと深い、芯《しん》のある一連の音を空中に送り出した。そのようにして『コルコヴァド』が始まった。

その音楽をいったいどのように表現すればいいのだろう。バードが僕ひとりのために夢の中で演奏してくれた音楽は、あとから振り返ると、音の流れというよりはむしろ瞬間的で全体的な照射に近いものであったように思える。その音楽が存在していたことを僕はありありと思い出せる。しかしその音楽の内容を再現することはできない。時間に沿って辿《たど》ることもできない。曼荼羅《まんだら》の図柄を言葉で説明することができないのと同じように。僕に言えるのは、それは魂《たましい》の深いところにある核心にまで届く音楽だったということだ。それを聴く前と聴いたあとでは、自分の身体の仕組みが少しばかり違って感じられるような音楽——そういう音楽が世界には確かに存在するのだ。

「私が死んだとき、私はまだ三十四歳だった。三十四歳だよ」とバードは僕に向かって言った。たぶん僕に向かって言ったのだと思う。その部屋には僕とバードの二人しかいなかったから。

僕は彼の言葉にうまく反応することができなかった。夢の中で適切な行動をとることはとてもむずかしい。だからただ黙って彼の次の言葉を待った。

「三十四歳で死ぬというのがどういうことなのか、ちょっと考えてみてくれ」とバードは続けた。

自分がもし三十四歳で死んでいたなら、そのときどんなことを感じていただろうと考えてみた。三十四歳の頃の僕は、まだいろんなものごとを開始したばかりの状態にあった。

「そうだよ、私だってまだものごとを開始したばかりだった」とバードは言った。「人生を生き始めたばかりだった。しかしふと気がついたとき、そしてあたりを見回したとき、すべては既に終わっていた」。彼は静かに首を振った。彼の顔全体はまだ影の中にあった。だからその表情を目にすることはできなかった。彼の疵《きず》だらけの汚れた楽器は、ストラップで首から吊《つる》されていた。

「死はもちろんいつだって唐突なものだ」とバードは言った。「しかし同時にひどく緩《かん》慢《まん》なものでもある。君の頭の中に浮かぶ美しいフレーズと同じだ。それは瞬《また》く間の出来事でありながら、同時にどこまでも長く引き延ばすことができる。東海岸から西海岸くらいまで長く——あるいは永遠に至るほど長くね。そこでは時間という観念は失われてしまう。そういう意味では、私は日々生きながら死んでいたのかもしれないな。しかしそれでも、実際の本物の死はどこまでも重いものだ。そのときまで存在していたものが唐突にそっくり消えてしまう。まるっきりの無に帰してしまう。そして私の場合、その存在とは私自身のことだった」

彼はしばらくのあいだうつむいて自分の楽器をじっと見ていた。それから再び口を開いた。

「死んだときに私が何を考えていたかわかるかい？」とバードは言った。「私の頭の中にあったのは、ただひとつのメロディーだった。それを繰り返し繰り返し、いつまでも頭の中で口ずさんでいた。そのメロディーはどうしても私の頭を去らなかった。そういうことってあるだろう？ ひとつのメロディーが頭の中に取り憑《つ》いてしまうことが。そのメロディーはなんとベートーヴェンのピアノ協奏曲一番、三楽章の一節だった。こんなメロディーだ」

バードはそのメロディーを小さくハミングした。そのメロディーには僕も覚えがあった。ピアノのソロ・パートだ。

「ベートーヴェンの書いたメロディーの中では、こいつは最高にスイングする一節だ」とバードは言った。「私はあの一番のコンチェルトが昔から大好きだった。何度も何度も聴いたものだよ。シュナーベルの演奏するSPレコードでね。しかし不思議なものだな。このチャーリー・パーカーが死んでいくときに、頭の中で選《よ》りに選ってベートーヴェンのメロディーを何度も何度も口ずさんでいるなんてな。それから暗闇がやってきた。幕が下りるみたいに」。バードはしゃがれた小さな笑い声を上げた。

僕は何も言えなかった。チャーリー・パーカーの死に対していったい何を語ればいいのだろう？

「いずれにせよ、私は君にお礼を言わなくてはならない」とバードは言った。「君は私に今一度の生命を与えてくれた。そして私にボサノヴァ音楽を演奏させてくれた。私にとって何より嬉しい体験だった。もちろん生きて実際にそれができたなら、更に心躍ることだったに違いない。しかし死後においてさえ、じゅうぶん素晴らしい体験だった。私は常に新しい種類の音楽が好きだったからね」

そしてあなたは僕に礼を言うために、今日ここに現れたのですか？

「そうだよ」とバードは言った。僕の心の声を聞き取ったかのように。「私は君にひとことお礼を言うためにここに立ち寄ったのだ。ありがとうと言うためにね。私の音楽を楽しんでくれればよかったのだが」

僕は肯《うなず》いた。何かを言うべきだったのだろうが、やはりその場にふさわしい言葉を思いつくことができなかった。

「ペリー・コモ・シングズ・ジミ・ヘンドリックスか」とバードは思い出すように呟いた。またしゃがれた声でくすくす笑った。

そしてバードは消えた。まず楽器が消え、それからどこかから差し込んでいた光が消え、最後にバードがいなくなった。

夢から目覚めたとき、枕元の時計は午前三時半を指していた。もちろんあたりはまだ真っ暗だ。部屋に満ちていたはずのコーヒーの匂いはもう失われていた。そこにはどのような匂いも漂っていなかった。台所に行って冷たい水をグラスに何杯か飲んだ。そして食堂のテーブルの前に座り、バードが僕のために、僕一人だけのために演奏してくれたあの素晴らしい音楽を僅かなりとも再現しようともう一度試みてみた。しかしやはりただの一節も思い出せなかった。それでもバードが口にした言葉を脳裏《のうり》に蘇《よみがえ》らせることはできた。その記憶が薄れないうちに、彼の語った一言ひとことをできる限り正確にボールペンでノートに書き留めた。それがその夢に関して僕にできる唯一の行為だった。そう、バードは僕に礼を言うために僕の夢を訪れたのだ。ずっと昔、僕が彼にボサノヴァ音楽を演奏する機会を提供したことに感謝するために。そしてありあわせの楽器を手に取り、『コルコヴァド』を吹いてくれたのだ。
あなたにはそれが信じられるだろうか？
信じた方がいい。それはなにしろ実際に起きたことなのだから。

ウィズ・ザ・ビートルズ　With the Beatles

歳をとって奇妙に感じるのは、自分が歳をとったということではない。かつては少年であった自分が、いつの間にか老齢といわれる年代になってしまったことではない。驚かされるのはむしろ、自分と同年代であった人々が、もうすっかり老人になってしまっている……とりわけ、僕の周りにいた美しく潑剌《はつらつ》とした女の子たちが、今ではおそらく孫の二、三人もいるであろう年齢になっているという事実だ。そのことを考えると、ずいぶん不思議な気がするし、ときとして悲しい気持ちにもなる。自分自身が歳をとったことについて、悲しい気持ちになるようなことはまずないのだけれど。

かつての少女たちが年老いてしまったことで悲しい気持ちになるのはたぶん、僕が少年の頃に抱いていた夢のようなものが、既に効力を失ってしまったことをあらためて認めなくてはならないからだろう。夢が死ぬというのは、ある意味では実際の生命が死を迎えるよりも、もっと悲しいことなのかもしれない。ときとしてそれは、ずいぶん公正ではないことのようにさえ感じられる。

一人の女の子のことを——かつて少女であった一人の女性のことを——今でもよく覚えている。でも彼女の名前は知らない。もちろん今どこで何をしているかも知らない。僕にわかっているのは、彼女が僕と同じ高校に通っており、同じ歳で（僕と同学年を表す色のバッジを胸につけていた）、おそらくはビートルズの音楽を大事に考えていたということくらいだ。それ以外のことは何もわからない。

それは一九六四年、ビートルズ旋風がまさに世界中を吹き荒れていた時代の出来事だ。季節は秋の初め、高校の新学期が始まり、日々の生活がようやく落ち着きを見せてきたころだ。彼女は学校の廊下を一人で早足で歩いていた。スカートの裾《すそ》を翻《ひるがえ》しながら、どこかに向けて急いでいるようだった。僕は古い校舎の長く薄暗い廊下で、彼女とすれ違った。我々二人の他にはそこには誰もいなかった。彼女は一枚のレコードをとても大事そうに胸に抱えていた。「ウィズ・ザ・ビートルズ」というLPレコードだ。ビートルズのメンバー四人のモノクロ写真がハーフシャドウであしらわれた、あの印象的なジャケットだ。そのレコードは僕の記憶の中では、米国盤でもなく日本国内盤でもなく、英国のオリジナル盤だ。なぜかそのことはとてもはっきりしている。

彼女は美しい少女だった。少なくともそのときの僕の目には、彼女は素晴らしく美しい少女として映った。それほど背は高くない。真っ黒な髪は長く、脚が細く、素敵な匂いがした（いや、それは僕のただの思い込みなのかもしれない。匂いなんてまったくしなかったのかもしれない。でもとにかく僕にはそう思えたのだ。すれ違ったときにすごく素敵な匂いがしたみたいに）。僕はそのとき彼女に強く心を惹かれた――LP「ウィズ・ザ・ビートルズ」を胸にしっかりと抱えた、その名も知らない美しい少女に。

心臓が堅く素速く脈打ち、うまく呼吸ができなくなり、プールの底まで沈んだときのようにまわりの音がすっと遠のき、耳の奥で小さく鳴っている鈴の音だけが聞こえた。誰かが僕に急いで、重要な意味を持つ何かを知らせようとしているみたいに。でもすべては十秒か十五秒か、そんな短い時間の出来事だった。それは唐突に持ち上がり、気がついたときには既に終了していた。そしてそこにあったはずの大事なメッセージは、すべての夢の核心と同じく、迷路の中に見失われていた。人生における大事な出来事がおおかたそうであるように。

高校の薄暗い廊下、美しい少女、揺れるスカートの裾、そして「ウィズ・ザ・ビートルズ」。

僕がその少女を目にしたのはそのときだけだった。そのあと高校を卒業するまでの何年かのあいだ、彼女の姿を見かけることは二度となかった。それは考えてみれば不自然な話だ。僕の通っていたのは、神戸の山の上にあるかなり規模の大きな公立の高校で、一学年に六百五十人ほどの生徒がいた（いわゆる「団塊の世代」だから、なにしろ人の数が多かったのだ）。だからみんながみんなを知っているというわけではないし、むしろ名前も顔も知らないという生徒の方が遥かに多い。しかしそれにしても、ほぼ毎日学校に通い、頻繁《ひんぱん》に廊下を歩いて行き来しながら、そんな素敵な少女とそのあと一度もすれ違わないというのは、いくらなんでも理にかなわないことのように思える。なにしろ僕は学校の廊下を歩くたびに、彼女と出くわさないものかと、いつもあたりに気を配っていたのだから。

彼女は煙のようにどこかに消えてしまったのだろうか？　あるいは僕はその初秋の午後、実体のない白日夢を見ていたのだろうか？　それとも僕は薄暗い学校の廊下で、実際以上にその少女を美化してしまい、そのあと現実の彼女と顔を合わせても、それと認識できなかったのだろうか？（三つのうちでは、最後の可能性がいちばん高いように思

えるのだが）

それ以来、何人かの女性と知り合い、親しくつきあいもした。そして新しい女性に巡り会うたびに、僕はそのときの想いを——あの一九六四年の秋に僕が学校の薄暗い廊下で巡り会った輝かしい一瞬を——もう一度自分の中によみがえらせることを、無意識のうちに希求していたような気がする。心臓の堅く無口なときめきと、胸の息苦しさと、耳の奥に聞こえる小さな鈴の音を。

あるときには僕はそれを得ることができたし、あるときにはうまく得ることができなかった（残念ながら鈴は十分には鳴らなかった）。またあるときにはそれを手にしておきながら、どこかの曲がり角でむなしく見失ってしまうことになった。しかしいずれの場合においても、その再現の感覚は常に僕にとっての、いわば「憧憬《しょうけい》の水準器」としての役割を果たしてきた。

そして現実の世界でそのような感覚がうまく得られない場合には、過去におけるその感覚の記憶を、自分の内側でそっとよみがえらせたものだ。そのようにして、あるときには記憶は僕にとっての最も貴重な感情的資産のひとつとなり、生きていくためのよすがともなった。コートの大ぶりなポケットの中に、そっと眠り込ませている温かい子猫のように。

ビートルズの話をしよう。

ビートルズが世界的にすさまじい人気を獲得するようになったのは、僕がその少女を目にした前の年のことだった。そして翌年、一九六四年の四月には、全米ヒットチャートの一位から五位までをビートルズがすべて独占するという事態が生じた。ポップ・ミュージックの世界にあっては、もちろん前代未聞の出来事だ。そのときの五曲のヒットソングをリストにしてみる。

(1)キャント・バイ・ミー・ラヴ
(2)ツイスト・アンド・シャウト
(3)シー・ラヴズ・ユー
(4)抱きしめたい
(5)プリーズ・プリーズ・ミー

シングル盤『キャント・バイ・ミー・ラヴ』はアメリカで、予約だけで二百十万枚を売ったという。実物のレコードが発売される前から、既にダブル・ミリオンセラーを達成していたわけだ。

日本でももちろんビートルズの人気は大したものだった。ラジオをつければ、ほとんどいつだってビートルズの曲がかかっていた。僕もビートルズの多くの曲が同時代的に好きだったし、その頃に流行ったすべての彼らのヒットソングを覚えている。歌えと言われれば、歌うことだってできる。当時、机に向かって学校の勉強をしながら（あるいはするふりをしながら）、ラジオの音楽番組をつけっぱなしにしていたから。

しかし正直に言って、僕が熱心なビートルズのファンであったことは一度もない。積極的に自分から彼らの曲を聴こうとしたこともない。彼らの曲はいやというほど聴いてきたが、それらはあくまで受動的に耳に入り、意識をすらすらと通過していく流行りの音楽であり、パナソニックのトランジスタ・ラジオの小さなスピーカーから流れてくる、青春時代の背景音楽でしかなかった。音楽的壁紙、と言っていいかもしれない。

高校時代にも大学生になってからも、ビートルズのレコードを購入したことは一度もない。当時の僕はジャズとクラシック音楽に心を強く惹かれていて、真剣に音楽を聴くときには、もっぱらそういった音楽を聴いた。小遣いを貯めてジャズのレコードを買い求め、ジャズ喫茶でマイルズ・デイヴィスやセロニアス・モンクの音楽をリクエストし、クラシック音楽のコンサートに足を運んだ。

僕がふとしたきっかけでビートルズのレコードを自ら買い求め、それなりに真剣に耳を澄ませるようになったのは、ずっとあとになってからのことだ。でもそれはまた別の話になる。


不思議といえば不思議な話なのだが、僕が「ウィズ・ザ・ビートルズ」というビートルズのアルバムを最初から最後まできちんと聴き通したのは、三十代も半ばになってからだった。それを抱えて高校の廊下を歩いていた少女の姿の記憶が、おそろしく印象的なものであったにもかかわらず、そのLPを実際に聴いてみようという気持ちには、長いあいだならなかったわけだ。なぜかはわからないが、彼女が胸に抱いていたビニール盤の溝にどのような音楽が刻まれているのか、そのことはとりたてて僕の興味を惹かなかったようだ。

三十代も半ばになり、もう少年とも青年とも言えなくなった僕が、そのLPを初めて耳にしてまず思ったのは、そこにあるのは決して息を呑むような素晴らしい音楽ではないということだった。アルバムに収録された十四のトラックのうち、六曲は他のミュージシャンの持ち歌のカヴァーだし、ビートルズの八つの自作オリジナル曲も、ポールの作った『オール・マイ・ラヴィング』を別にすれば、とくに出色の出来とは言い難い（と僕は思う）。マーヴェレッツの『プリーズ・ミスター・ポストマン』と、チャック・ベリーの『ロール・オーヴァー・ベートーヴェン』のカヴァーは見事な出来で、今聴いても「さすが」と感心させられるが、所詮はカヴァー曲だ。シングルでヒットした曲は収録せず、新曲だけでLPをこしらえようというビートルズの挑戦精神はそれなりに賞賛されるべきなのだろうが、音楽の瑞々《みずみず》しさという点においては、ほとんど即席で作られた前作のデビュー・アルバム「プリーズ・プリーズ・ミー」の方がむしろまさっているように、僕の耳には聞こえてしまう。

しかしこの彼らにとってのセカンド・アルバムは、英国ではヒットチャートの一位になり、実に二十一週間の長きにわたってそのポジションを守り続けた（アメリカでのこのアルバムは、英国盤とは内容をいくらか変えられ、タイトルも「ミート・ザ・ビートルズ」と変更されているが、ジャケット・デザインはほぼ同じだ）。まるで砂漠を歩き越えてきた人々が新鮮な水を求めるように、ビートルズの音楽の更なる供給を大衆が熱烈に求めていたことと、四人のハーフシャドウのポートレイトをあしらったモノクロームのジャケットが優れて印象的だったことが、おそらくはそのような達成を可能にしたのだろう。

実際に僕の心を強く捉《とら》えたのも、そのジャケットを大事そうに抱えた一人の少女の姿だった。もしビートルズのジャケットを欠いていたなら、僕を捉えた魅惑も、そこまで鮮烈なものではなかったはずだ。音楽はそこにあった。しかし本当にそこにあったのは、音楽を包含しながら音楽を超えた、もっと大きな何かだった。そしてその情景は一瞬のうちに、僕の心の印画紙に鮮やかに焼き付けられた。焼き付けられたのは、ひとつの時代のひとつの場所のひとつの瞬間の、そこにしかない精神の光景だった。

その翌年、一九六五年に起こった最も重要な出来事は、ジョンソン大統領が北爆開始を指令し、ヴェトナム戦争が一気にエスカレートしたことでもなく、西表島《いりおもてじま》でイリオモテヤマネコの存在が発見されたことでもなく、僕に一人のガールフレンドができたことだった。彼女とは一年生のクラスで同じだった。そのときは交際というほどのものはなかったのだが、二年生になってからふとしたきっかけでつきあうようになった。

誤解されると困るので、いちおう最初にお断りしておきたいのだが、僕はハンサムでもないし、花形運動選手でもないし、学業成績だってそれほどぱっとしたものでもない。歌がうまいわけでもないし、弁が立つわけでもない。だから学校時代も、学校を出てからも、不特定多数の女性にもてたという経験はただの一度もない。自慢できるようなことではないけれど、それはこの不確かな人生において、僕が確信をもって断言できる数少ないものごとのひとつだ。しかしそれでもなお、なぜかそんな僕に興味を持って近づいてくる女性が、だいたいいつもどこかにいた。学校のクラスでいえば、一人くらいはそういう女の子がいた。彼女たちが僕のどこに興味を抱いたのか、あるいは好意を持ってくれたのか、正直言って見当もつかない。しかしいずれにせよ、僕は彼女たちと共にそれなりに素敵な、親密な時間を過ごすことができた。彼女たちと良い友だちになることもあれば、もう少し親しい関係になることもあった。彼女もそんな女性の一人だった――というか、もう少し親しい関係になった最初の一人だった。

初めてのガールフレンドは、小柄でチャーミングな少女だった。その年の夏休み、僕は彼女と週に一度はデートをした。ある日の午後、僕は彼女のふっくらとした小さな唇にキスをして、ブラジャーの上から彼女の乳房に手を触れた。彼女は白いノースリーブのワンピースを着ていて、髪は柑橘《かんきつ》系のシャンプーの匂いがした。

彼女はビートルズの音楽にはほとんど興味を惹かれないようだった。ジャズにも関心を持たなかった。彼女が好んで耳を傾けたのはマントヴァーニ楽団とか、パーシー・フェイス楽団とかロジャー・ウィリアムズとか、アンディー・ウィリアムズとか、ナット・キング・コールとか、その手のごく穏やかな、いうなれば中産階級的な音楽だった

（そして当時、中産階級的というのは決して差別用語ではなかった）。彼女の家に遊びに行くと、そのようなレコードがたくさん置いてあった。今でいうイージーリスニング音楽だ。彼女は自分が好きなレコードをターンテーブルに載せて、かけてくれた。居間にはとても立派な大型のステレオ装置があった。そして僕らはソファの上でキスをした。その日の午後、家族はみんなどこかに出かけていて、僕らは家の中に二人きりだった。そういう場合、そこでどんな種類の音楽がかかっていたとしても、はっきり言ってどうでもいいことだった。

一九六五年の夏について僕が思い出せるのは、白いワンピースと、柑橘系のシャンプーの香りと、とても頑丈なワイヤ付きブラジャーの感触と（当時のブラジャーは下着というよりは、まさに要塞《ようさい》に近い代物《しろもの》だった）、パーシー・フェイス楽団が流麗に演奏する『夏の日の恋』だ。今でも『夏の日の恋』が聴こえてくると、そのふわふわした大きなソファのことが頭に浮かぶ。

ちなみに僕と彼女が同じクラスだったときの担任の教師は、その数年後（一九六八年だったと思う。たしかロバート・ケネディが暗殺されたのと同じ頃だったから）に自宅の鴨居《かもい》から首を吊って死んだ。社会科の教師だった。思想の行き詰まりが自殺の原因だったということだ。

思想の行き詰まり？

そう、一九六〇年代の後半期には、思想の行き詰まりから人が自らの命を絶つこともあったのだ。それほどしょっちゅうではなかったにせよ。

僕とガールフレンドが、パーシー・フェイス楽団のロマンティックで流麗な音楽を背景に、夏の午後ソファの上で不器用に抱き合っていた最中にも、その社会科教師が致死的な思想の袋小路に向けて、言い換えれば沈黙する堅いロープの結び目に向けて、一歩一歩、歩を進めていたのかと思うと、なんだか不思議な気がする。申し訳ないという気持ちさえふと抱いてしまう。僕がそれまで出会った教師の中では、かなりまともな部類に属する人だったから。うまくいったかいかなかったかはともかくとして、彼は自分のクラスの生徒たちに対してできるだけ公正になろうと努めていた。個人的に親しく話をしたことは一度もなかったけれど、少なくともそういう印象を受けた。

一九六五年も前年と同じように、やはりビートルズの年だった。一月には『アイ・フィール・ファイン』が、三月には『エイト・デイズ・ア・ウィーク』が、五月には『涙の乗車券』が、九月には『ヘルプ』が、そして十月には『イエスタデイ』が全米ヒットチャートのトップに輝いた。耳を澄ませばほとんどいつも彼らの曲が聞こえていた、というのが僕の抱いた印象だ。そう、ビートルズの音楽は僕らの周囲を隈無く取り囲んでいたのだ。まるで綿密に貼られた壁紙のように。

ビートルズの曲がかかっていないときには、ローリング・ストーンズの『サティスファクション』や、バーズの『ミスター・タンブリン・マン』や、テンプテーションズの『マイ・ガール』や、ライチャス・ブラザーズの『ふられた気持ち』や、ビーチ・ボーイズの『ヘルプ・ミー・ロンダ』なんかがかかっていた。ダイアナ・ロスとシュプリームズもシングルを続々とヒットチャートに送り込んでいた。パナソニックのトランジスタ・ラジオは、そのような心躍る素敵な曲を次から次へと、僕の背後で鳴らし続けていた。ポップ・ミュージックという観点から見れば、それは実に息を呑むような素晴らしい年だった。

ポップ・ソングがいちばん深く、じわじわと自然に心に染みこむ時代が、その人の人生で最も幸福な時期だと主張する人もいる。たしかにそうかもしれない。あるいはそうではないかもしれない。ポップ・ソングは結局のところ、ただのポップ・ソングでしかないのかもしれない。そして僕らの人生なんて結局のところ、ただの粉飾された消耗品に過ぎないのかもしれない。

いつも聴いていた神戸のラジオ放送局の近くに、彼女の家はあった。彼女の父親は医療機器の輸入か輸出の仕事をしていたと思う。詳しいことは知らない。でもとにかく自分の会社を持っていて、どうやらその会社はそれなりに繁盛しているようだった。海岸に近い松林の中にその家はあった。かつてはどこかの実業家の夏別荘として使われていたものを買い取って、改築したという話だった。海から吹いてくる夏の午後の風が、松林をさわさわと揺らしていた。それは『夏の日の恋』を聴くには最適な環境だったかもしれない。

ずっとあとになって、『避暑地の出来事』というアメリカ映画をたまたまテレビの深夜番組で観た。トロイ・ドナヒューとサンドラ・ディーが出演した、よくあるパターン通りの、しかしそれなりにうまくできたハリウッド製青春恋愛映画だ。一九五九年に公開された。マックス・スタイナーが作曲したその映画のテーマ音楽を、パーシー・フェイス楽団がカヴァーしてヒットさせたのが『夏の日の恋』だ。映画の中でもやはり海岸の松林が出てきて、それはオーケストラのホルンの合奏に合わせて、夏の午後の風にさわさわと揺れていた。その映画を観ていると、風に揺れる海岸の松林の風景は、世界中の健康な若者たちの、高まる性欲のメタファーであるように僕の目には映った。しかしそれはたぶん僕の個人的な見解、あるいは偏見に過ぎないだろう。

映画の中で、トロイ・ドナヒューとサンドラ・ディーはそのような性欲の激しい風に吹かれ、おかげで様々な現実的困難に遭遇することになる。大いなる誤解が生まれ、その後に大いなる和解があり、いくつかの障害は霧が晴れるように解消し、最終的に二人はめでたく結ばれ、結婚する。当時のハリウッド映画では、ハッピーエンドとはつまり最終的に結婚することだった。合法的に性交できる環境を実現することだった。でももちろん僕と僕のガールフレンドは最終的に結婚なんてしなかった。僕らはまだ高校生だったし、『夏の日の恋』を聴きながらソファの上でただ不器用に抱き合っただけだ。

「ねえ、知ってる？」と彼女はソファの上で、僕に打ち明けるように小さな声で言った。

「わたしって、すごく嫉妬《しっと》深いの」

「ふうん」と僕は言った。

「それだけは知っておいてほしかったから」

「いいよ」

「嫉妬深いってね、ときにはすごくきついことなの」

僕は黙って彼女の髪を撫《な》でた。でも嫉妬深いというのが何を意味するのか、それがどのようなところからやって来て、どのような結果を生み出すのか、当時の僕にはまだうまく想像がつかなかった。そんなことより、自分の気持ちのことでとにかく頭がいっぱいだったのだ。

ちなみにトロイ・ドナヒューは、ハンサムな若手映画スターとして、一九六〇年代前半に大いに人気を博したが、その後は麻薬とアルコールに溺れ、作品にも恵まれず、一時はホームレスにまで身を落とすことになる。サンドラ・ディーも長期にわたるアルコール依存症に苦しんだという。ドナヒューは、当時の人気女優スザンヌ・プレシェットと一九六四年に結婚したが、八ヶ月後に離婚し、ディーは歌手ボビー・ダーリンと一九六〇年に結婚したが、一九六七年に離婚した。もちろん『避暑地の出来事』の筋とはまったく無関係に。そしてまた、僕と僕のガールフレンドの辿《たど》った運命とも無関係に。

僕のガールフレンドには兄が一人と、妹が一人いた。妹は中学校の二年生だったが、姉よりも五センチほど背が高かった。そして年齢の割に身長が伸びすぎた女の子が大概そうであるように、とりたてて可愛い見かけではなかった。レンズの厚い眼鏡もかけていた。でも僕のガールフレンドはその妹のことをずいぶんかわいがっているようだった。

「あの子は学校の成績がすごくいいの」と彼女は言った。ちなみに彼女自身の成績は、まずまずというところだったと思う。たぶん僕の成績とだいたい似たようなものだった。

一度彼女の妹を入れて、三人で一緒に映画を観に行ったことがあった。そうしなくてはならない何かしらの事情がそのときはあったのだ。映画はミュージカル『サウンド・オブ・ミュージック』だった。劇場はとても混んでいたので、70ミリの湾曲したただっぴろい画面を、前の方の席で見ることになり、見終わったとき目の筋肉が痛くなったことを覚えている。でも僕のガールフレンドはそのミュージカル映画の音楽が大好きだった。映画のサウンドトラック盤も買って、何度も聴いていた。僕としてはジョン・コルトレーンの演奏するあの魔術的な『マイ・フェイヴァリット・シングズ』の方が好みだったが、言ってどうなるものでもないし、そんなことは彼女の前では口にはしなかった。

妹は僕に対して、あまり好ましい感情を持っていないようだった。顔を合わせるたびに彼女は、いつも奇妙に感情を欠いた目で——冷蔵庫の奥に長いあいだ放置されていた魚の干物がまだ食べられるかどうかを精査するような目で——僕を見た。そしてその目つきは僕をいつも、何かしらやましい気持ちにさせた。なぜかはわからないが、彼女が僕を見るとき、彼女は僕の外見をほとんど無視して（たしかにそれほど見るべき外見ではなかったにせよ）、僕という人間の内奥《ないおう》をまっすぐ透視しているみたいに感じられた。そう感じたのは僕の心に実際、かなりやましいところがあったからかもしれないが。

彼女のお兄さんと顔を合わせたのは、もっとあとになってからだ。彼は彼女より四歳年上だったから、そのときもう二十歳は越えていたはずだ。彼女はその兄を僕に紹介もしなかったし、彼についてはほとんど何も語らなかった。何かで兄の話になると、うまく話題を逸《そ》らした。それはあとになって考えれば、いささか不自然な態度だったかもしれない。でもそんなことはとくに気にならなかった。彼女の家族にとくに興味を抱いていたわけではないし、僕が彼女に関連して興味を抱いていたのは、もっと違う種類の切実な事柄だったから。

　彼女のお兄さんに初めて会って話をしたのは、一九六五年の秋の終わり頃のことだった。

　その日曜日、彼女の家にガールフレンドを迎えに行った。だいたいいつも、一緒に図書館で勉強をするという名目で、僕らは外に出てデートをしていたのだ。だから僕はショルダーバッグの中に、勉強道具らしきものを一揃い入れて持っていた。犯罪初心者のおこなう下手なアリバイ作りみたいに。

　その日の朝、いくら玄関のベルを押しても、中から返事はなかった。間を置いて何度も押していると、やがて中にのんびりした足音が聞こえた。そしてようやく誰かがドアを開けてくれた。それが彼女のお兄さんだった。

身長は僕より少しだけ高く、どちらかと言えば太っていた。ぶよぶよと太っているというのではなく、運動選手が何らかの事情でしばらく運動をすることができず、仕方なく余分な肉があちこちについてしまったというような、どことなく暫定《ざんてい》的な感じのする太り方だ。肩幅は広く、そのわりに首がひょろ長かった。髪はついさっき起きたばかりというように、くしゃくしゃと乱れていた。硬い髪質らしく、あちこちで勢いよく飛び跳ねていた。髪は耳にかぶさるように長く伸びて、床屋に行くべき期日を、少なくとも二週間は越えてしまっているように見えた。丸い首の部分が緩《ゆる》くなった紺のセーターに、膝の突き出たグレーのスエットパンツという格好だった。いつもきれいに髪を整え、清潔な格好をしている僕のガールフレンドとは、実に対照的な外見だ。

彼はまぶしそうに目を細めながら、しばらく僕を見ていた。まるで久しぶりに太陽の光の下に這い出てきた、毛艶《けづや》の悪い動物みたいに。

「ええと、君はたぶんサヨコの友だちだよな」、僕が何も言わないうちから彼はそう言った。それからひとつ咳払いをした。眠たげな声ではあったけれど、そこにはいくぶんの好奇心も含まれているように僕には感じられた。

「そうです」、僕は自分の名前を告げた。「十一時にここにうかがうことになっていたんです」

「サヨコはいないよ、今」と彼は言った。

「いない」と僕は相手の言葉をそのまま繰り返した。

「うん、どこかに行ったみたいや。うちにはいない」

「でも、今日の十一時にここに迎えに来ると約束をしていたんですが」

「そうか」と兄は言った。それから時計でも見るように隣の壁を見上げた。しかしそこにはなぜか時計はなかった。漆喰《しっくい》塗りの白い壁があるだけだ。それで仕方なく彼は僕に視線を戻した。「そうかもしれんけど、でもとにかくこの今、うちの中にはいない」

どうすればいいのか、僕には判断がつかなかった。どうすればいいのか、お兄さんの方もうまく判断がつかないようだった。ゆっくりあくびをしてから、頭の後ろを掻いた。ひとつひとつの動作がどことなくのったりとしていた。

「うちには今、誰もおらんみたいや」と彼は言った。「さっき起きたら、ぼくの他には誰もいなかった。みんなどこかに行ってしまったみたいやけど、どこに行ったのか、ようわからん」

僕は黙っていた。

「父親はゴルフに行ったのかもしれん。妹二人はどこかに遊びに出かけたのかもしれん。それはともかく、母親までおらんというのはちょっと変な話やな。そういうこと、普通はないんやけどな」

僕は意見の表明を差し控えた。よその家庭の話だ。

「でも君と約束しているんなら、サヨコはそのうちに戻ってくるやろう」とお兄さんは言った。「上がって待ってたらいい」

「ご迷惑でしょうし、そのへんをしばらくぶらぶらして、それからまた戻ってきます」と僕は言った。

「いや、迷惑なんかやない」と彼はきっぱりと言った。「また玄関のベルを鳴らされて、いちいちドアを開けに来る方がよっぽど面倒や。いいから上がって待っててくれ」

仕方なく言われるままに家の中に入り、彼は僕を居間に連れて行った。夏に彼女と抱き合ったソファのある居間だ。僕はそのソファに腰を下ろした。僕のガールフレンドのお兄さんは向かいにある安楽椅子に腰を下ろした。そしてまたゆっくり時間をかけてあくびをした。

「君はサヨコの友だちやったよな？」とお兄さんは事実をしっかり確定するように、もう一度僕に尋ねた。

「そうです」と僕はもう一度同じ返事をした。

「ユウコの友だちじゃなくて？」

僕は首を横に振った。ユウコというのは背の高い妹の名前だ。

「サヨコとつきあっていて面白いか？」とお兄さんは物珍しそうな目で僕の顔を見ながら尋ねた。

どう答えればいいのかわからなかったので、僕は黙っていた。しかし彼は返事をずっと待っていた。

「楽しいと思いますが」とようやくそれらしい言葉を探し当てて答えた。

「楽しいけど、面白くはない？」

「いや、そういうんじゃなくて……」と言いかけたが、あとがうまく続かなかった。

「まあええよ」とお兄さんは言った。「面白くても楽しくても、そんな変わりはないんやろう、たぶん。ところで、朝飯は食べた？」

「食べました」

「ぼくはこれからトーストを焼いて食べるけど、いらんか？」

「いいえ、けっこうです」と僕は答えた。

「ほんとに？」

「ほんとに」

「コーヒーは？」

「けっこうです」

コーヒーはできれば飲みたかったけれど、彼女の家族と——とくに彼女がいないところで——これ以上深い関わりを持つのは、もうひとつ気が進まなかった。

彼は何も言わず席を立ち、そのまま部屋を出て行った。たぶん朝食を作りに台所に行ったのだろう。やがて家の奥の方から、かたかたと皿とカップが触れあう音が聞こえてきた。僕は一人でソファに座り、両手を膝の上に置いて、誰に見られてもいいような姿勢をとり、彼女がどこかから戻ってくるのを静かに待った。時計は十一時十五分を指していた。

本当に今日の十一時に彼女をここに迎えに来る約束をしていたのかどうか、僕はもう一度記憶をさらってみた。しかしどれだけ考えても、約束の場所と日時に間違いはなかった。その前日の夜に僕らは電話で話をして、そのことを確認したばかりだ。そして彼女は、待ち合わせの約束を無責任に忘れたり破ったりするようなタイプではなかった。そしてまた日曜日の朝に、兄ひとりだけを残して家族全員が姿を消しているというのも、なんだか不思議な話だった。

事情がわからないまま、僕はそこにただじっと座り、無言のまま時間をやり過ごしていた。時間はおそろしくゆっくりとしか進まなかった。奥の台所からはときどき物音が聞こえてきた。水道の蛇口《じゃぐち》をひねる音、何かをスプーンでかたかたとかき混ぜる音、どこかの戸棚を開ける音、閉める音。どうやら何をするにも大きな音を立てなくては収まらないタイプの人物であるようだった。でもそれ以外には何ひとつ音は聞こえなかった。風も吹いていない、犬も鳴かない。沈黙が目に見えない泥のように僕の耳の奥を徐々に塞《ふさ》いでいった。だから何度も唾《つば》を飲み込まなくてはならなかった。

できれば音楽が聴きたかった。『夏の日の恋』でも『エーデルワイス』でも『ムーン・リヴァー』でもなんでもかまわない。贅沢は言わない。何かしら音楽が鳴っていればいいのだが、と思った。でもよそのうちのステレオ装置を勝手にいじるわけにはいかない。なにか読むものはないかと周りを見まわしてみたが、新聞も雑誌も見当たらなかった。僕は自分のショルダーバッグの中を調べてみた。しかしなぜかその日に限って、本を入れ忘れてきたようだった。読みかけの文庫本が常に一冊くらいは入れてあるはずなのだが。

バッグの中に見つけられた読めそうな本と言えば、「現代国語」の副読本くらいだった。仕方なくそれを取り出し、ぱらぱらとページをめくってみた。僕は「読書家」と言えるほど系統的に緻密に本を読んできた人間ではないが、活字を読んでいないことにはうまく時間を過ごせない人間の一人だ。何もせずにただじっと座っているということができない。本のページを繰《く》るか、あるいは音楽に耳を澄ますか、そういう作業がどうしても必要になる。読むべき本がなければ、そのへんにある印刷物をなんでもいいから手に取る。電話帳だって読むし、スチームアイロンの取り扱い説明書だって読む。そういう類《たぐ》いの印刷物に比べれば、「現代国語」の副読本なんてずいぶん立派な読み物だ。

適当なページを開き、そこに収録されている小説や随筆を読んでいった。いくつか外国の作家のものもあったが、ほとんどは日本の近代・現代作家の作品で、芥川龍之介や谷崎潤一郎や安部公房などの有名な作品が選ばれていた。そしてそれぞれの作品——短いものを別にして大半は抜粋《ばっすい》だったが——の最後には、いくつかの設問が添えられていた。それらの設問の多くは、例によってろくすっぽ意味を持たないものだった。「意味を持たない設問」というのは、解答の正否を論理的に判定しづらい（あるいは判定できない）設問のことだ。それを書いた作者自身にだって、そんな判定が下せるかどうかあやしいものだ。

たとえば「この文章に託されている、戦争についての作者の姿勢はどのようなものでしょう?」とか、「月の満ち欠けについて作者がこのように描写するとき、それはどんな象徴的効果を生んでいるでしょう?」みたいなものだ。そんなもの、答えようと思えばどうとでも答えられる。月の満ち欠けについての描写はあくまで月の満ち欠けについての描写であって、どのような象徴的効果も生んではいない、という解答だって、間違っているとは誰にも断言できないはずだ。もちろん「比較的理にかなった解答」みたいなものは最大公約数的に存在するだろうが、文学において比較的理にかなっていることが果たして美点であるのかどうか、そこには疑問の余地がある。

しかしそれでも僕は、暇つぶしにそれらの設問の解答を、ひとつひとつ頭の中でこしらえていった。そして多くの場合、僕の頭――精神的自立を目指して日々煩悶《はんもん》する成長途上にある僕の頭――にはどうしても「比較的理にかなってはいないけれど、決して間違いとは言えない」種類の解答が浮かんでしまうことになった。そういう傾向もあるいは、僕の学業成績がもうひとつ振るわない原因のひとつになっていたかもしれない。

そんなことをしているうちに、お兄さんが居間に戻ってきた。髪はまだあちこちで勢いよく飛び跳ねていた。でもおそらく朝食をとったせいだろう、目はもうそれほど眠そうではなかった。手には飲みかけのコーヒーを持っていた。白くて大きなマグカップだ。カップには第一次世界大戦の複葉戦闘機の絵がプリントされていた。操縦席の前には機関銃が二丁取り付けられている。たぶん彼専用のカップなのだろう。僕のガールフレンドがそんなもので何かを飲むとはとても想像できなかったから。

「ほんとにコーヒーはいらんか？」と彼は言った。

僕は首を振った。「いいえ、けっこうです。ほんとに」

彼のセーターの胸のところにパン屑《くず》がこぼれていた。スエットパンツの膝の部分にも。たぶんとても腹が減っていて、パン屑のことなど気にしないで盛大にトーストをかじったのだろう。そういうところもきっと、僕のガールフレンドの神経にさわるはずだと想像した。彼女はいつも小ぎれいな身なりをしている少女だったから。僕もどちらかといえば小ぎれいななりをするのは好きだったから、そういう点では僕らはわりにうまくやっていたと思う。

お兄さんは壁の上の方に目をやった。今度はちゃんとそこに時計があった。時計の針は十一時半近くを指していた。

「まだ帰ってこないみたいやな。まったく、いったいどこで何をやっているのか」と彼は言った。

それについても僕は何も言わなかった。

「何を読んでいるんや?」と彼は僕の持っている本を指さして言った。

「現代国語の副読本です」

「ふうん」と彼は少し顔をしかめて言った。「面白いか?」

「とくに面白いわけじゃないですけど、ほかに読むものがなかったから」

「それ、ちょっと見せてくれ」

低いテーブル越しにその本を渡した。彼は左手にカップを持ったまま、右手で本を受け取った。コーヒーが本にこぼれるのではないかと、僕は心配した。いかにもコーヒーを本の上にこぼしそうな雰囲気があったから。でもこぼさなかった。彼はカップをガラスのテーブルの上に音を立てて置き、両手で本を持ってページをぱらぱらと繰った。

「で、今はここのどれを読んでいたの？」

「今読んでいたのは、芥川の『歯車』です。この本に載っているのは全文じゃなくて、その一部だけですが」

彼はそれについて少し考えた。『歯車』はちゃんと読んだことないな。『河童《かっぱ》』はずっと昔に読んだことがあるけど。『歯車』って、たしかかなり暗い話やったよな？」

「ええ、なにしろ死ぬ直前に書かれた話ですから」

「芥川は自殺したんだよな？」

「そうです」と僕は言った。芥川は三十五歳で服毒自殺している。『歯車』は昭和二年、作者が亡くなったあとに発表された——と副読本の解説には書かれていた。ほとんど遺書に近いような作品だ。

「ふうん」と僕のガールフレンドのお兄さんは言った。「それ、ちょっと読んでみてくれへんかな?」

僕はびっくりして相手の顔を見た。「声に出して読むんですか?」

「ああ、誰かに本を読んでもらうのがぼくは昔から好きなんや。自分で字を読むのはあんまり得意やなくて」

「朗読って、うまくないですが」

「そんなん、かまわん。へたでいい。とにかく声に出して、順番どおりに読んでくれたらいい。お互いとりあえず、ほかにやることもなさそうやしな」

「ずいぶん神経症的で、気が滅入るような話ですよ」と僕は言った。

「たまにはそういう話も聞いてみたい。毒をもって毒を制する、ということもあるやろう」

彼はテーブル越しに僕にその本を返し、ドイツ軍の十字マークのついた複葉戦闘機のカップをまた手にとり、コーヒーを一口すすった。そして椅子の背に深くもたれ、朗読が始まるのを待った。

そのようにして僕はその日曜日の朝、ガールフレンドの風変わりなお兄さんのために、芥川龍之介の『歯車』の一部を朗読することになった。仕方なく、それでもいくぶんの熱意を込めて。僕が読んだのは最後の「飛行機」という題のついた部分だった。副読本には「赤光《しゃっこう》」と「飛行機」の部分が掲載されていたが、そのうちの「飛行機」だけを読んだ。ページにして八ページほど。その最後の一行は、「誰か僕の眠っているうちにそっと絞《し》め殺してくれるものはないか？」だった。それを書き終えてから、芥川は自殺したのだ。

その最後の行を読み終えても、家族はまだ誰も戻ってはこなかった。電話のベルも鳴らず、カラスの鳴き声も聞こえなかった。あたりはしんと静まりかえっていた。秋の日差しがレースのカーテン越しに居間を明るく照らしていた。ただ時間だけが緩慢に、しかし着実に前に進んでいった。ガールフレンドのお兄さんは、僕が読み終えた文章の余韻を味わうように、腕組みをしてひとしきり目を閉じていた。

〈僕はもうこの先を書きつづける力を持っていない。こう云《い》う気もちの中に生きているのは何とも言われない苦痛である。誰か僕の眠っているうちにそっと絞め殺してくれるものはないか？〉

好き嫌いはともかく、よく晴れた日曜日の朝に朗読するのに向いた作品ではないことは確かだ。僕は本を閉じ、壁の時計に目をやった。時計は十二時を少し回っていた。

「たぶん何か行き違いがあったんだと思います。とりあえず今日は引き上げることにします」と僕は言った。そしてソファから立ち上がりかけた。食事の時間によその家にお邪魔してはいけないと、小さい頃から母親にうるさく躾《しつ》けられてきた。そういうのって反射的な習慣として、良くも悪くも身体に染《し》みついてしまう。

「まあ、せっかくここまで足を運んで来たんやから、あと三十分だけ待ってたらどうや」とお兄さんは言った。「あと三十分してまだ帰ってこなかったら、そのときは引き上げたらいいやろ」

その口調には妙に明瞭な響きがあったので、僕は上げかけていた腰をもう一度下ろした。そしてまた両手を膝の上に載せた。

「君は朗読するのがうまいな」と彼は感心したように言った。「そう言われたことないか？」

僕は首を振った。朗読がうまいなんてこれまで一度も言われたことがない。

「内容をよく理解していないと、ああいう読み方はなかなかできんもんや。とくに終わりの方がよかった」

「はあ」と僕は曖昧に返事をした。頬が少し赤くなるのが感じられた。褒められるべきではないところを間違って褒められているみたいで、なんだか居心地が悪かった。しかし場の雰囲気からして、どうやらあと三十分、僕は彼の話し相手を務めていなくてはならないようだった。この人はおそらく、誰か話し相手を必要としているのだろう。

彼は身体の前で、お祈りでもするみたいに両の手のひらをぴたりと合わせ、それから唐突に切り出した。「妙なことを訊くみたいやけど、君には記憶が途切れたことってあるか？」

「記憶が途切れる？」

「うん、つまりある時点から、次のある時点まで、自分がどこで何をしていたか、ぜんぜん思い出せんというようなことが」

僕は首を振った。「ないと思います」

「自分のやったことは、時系列的に順番通りそっくり覚えている？」

「いちおう、最近のことであれば、だいたいは思い出せると思います」

「ふうん」と言って、彼はしばらく頭の後ろをぽりぽりと掻いていた。それから言った。「普通はまあ、そうやな」

僕は黙って話の続きを待った。

「実を言うとな、記憶がそっくりどこかに飛んでしまった経験が、ぼくには何度かあるねん。たとえば、午後三時に急に記憶が途切れて、気がついたら午後七時になっていて、その四時間のあいだ自分がどこで何をしていたのか、まったく思い出せないみたいな。それも何か特別なことがあってやない。たとえばどっかで頭を強く打ったとか、酒を飲んで泥酔したとか。そういうんやなくて、ごく普通に当たり前に生活していて、出し抜けにあるところで記憶がぽっと消えてしまうんや。そしてそれがいつ起こるのか、自分では予測もつかん。記憶の消えた状態が何時間、何日続くのかもわからん」

「ええ」と僕はとりあえず相づちを打った。

「たとえば、君がテープレコーダーでモーツァルトの交響曲を録音したと思ってくれ。それを聴き直していたら、二楽章の真ん中あたりから三楽章の真ん中あたりまで音が飛んでた、途中がそっくり消えてた、みたいなものや。消えるといっても、音のない空白部分が続くんやなくて、ただぴょんと飛んでるんや。今日の翌日があさってやった、みたいな感じで。そのへんはわかるかな？」

「だいたい」と僕は不確かな声で言った。

「音楽でなら、不便ではあっても、まあそれほどの実害はないやろけど、そういうのが実際の生活の中で起こったら、これはなかなか厄介なものや……というのはわかるよな？」

僕は肯《うなず》いた。

「月の裏側まで行って、手ぶらで帰ってくるようなものや」

僕はもう一度肯いた。その喩《たと》えの意味はもうひとつよくわからなかったが。

「それは遺伝的疾患によるもので、ぼくみたいなはっきりした症例はかなり珍しいけど、何万人かに一人はそういう傾向を生まれつき持っているんやと言われた。多少の差こそあれ。中学三年生のとき、大学病院の精神科の先生に相談に行ったんや。お袋に連れられてな。それには病名もちゃんとついている。嫌がらせみたいに長ったらしい名前なんで、ずっと前に忘れてしもたけどな。誰がそんな病名を考えるんやら」

彼はそこで少し間を置き、それからまた口を開いた。

「要するに、記憶の配列が狂ってしまう疾患なんや。記憶の一部が――つまりさっきの喩えを使えばモーツァルトの交響曲の一部が――間違った抽斗《ひきだし》に放り込まれてしまう。そしていったん間違った抽斗に入れられてしまうと、それを見つけ出すのは至難の業というか、まず不可能なことになってしまう。そんな風に説明された。命に別状があるとか、だんだん頭がおかしくなるとか、そういう深刻なディスオーダーではないけれど、何か日常生活を送るにはなにかと不便がある。それでそのなんたらいう病名を教わって、何か毎日飲む薬をもらったけど、そんなもの効くもんか。ただの気休めや」

僕のガールフレンドのお兄さんはいったんそこで口をつぐみ、自分の話が理解されているかどうか、それを確かめるように僕の顔をじっと観た。窓から家の中をのぞき込むみたいに。そして言った。

「そういうのが起こるのは、今のところ年に一回か二回くらいのもので、それほど頻繁というわけやないけど、でもな、問題は回数やない。問題は、そういうことがあると、現実生活に具体的に差し支えが出てくるということや。たとえたまにであるにせよ、そういう記憶喪失が実際に自分の身に起こるというのは、またそれがいつ起こるかわからんというのは、本人にしてみたらすごい困ったことなんや。それは君もわかるやろ？」

「ええ」と曖昧に返事をした。僕としては早口で語られるその奇妙な身の上話についていくのがやっとだった。

「たとえばそうなったときに、つまりひゅっと記憶が途切れているときに、もしぼくが大きな金槌《かなづち》を持ちだして、誰か気に入らんやつの頭を思いきり叩いたりしたら、それは『困ったことでした』みたいな話では済まされんよな、ぜんぜん？」

「そうでしょうね」

「もちろん警察沙汰になるし、ぼくが『実はそのとき記憶が飛んでまして』みたいなことを説明しても、きっと信用してもらえんやろうしな」

僕は曖昧に肯いた。

「実際のところぼくにも、気に入らんやつは何人かいるよ。頭にくるやつかている。父親とかもな、そのうちの一人や。でも正気の時には、父親の頭を金槌で叩いたりしないよな。さすがに抑制というものがあるから。でも記憶が途切れているときのぼくがいったい何をするかなんて、そんなことぼく自身にもようわからんやないか」

僕は意見を保留して、首を小さくかしげた。

「そういう危険性はないと医者は言うてた。つまりその記憶が消えている間、誰かがぼくの人格を乗っ取るというわけやない。多重人格というか、ジキル博士とハイド氏みたいに。ぼくは常にぼくなんや。記憶が消えている間も、ぼくはぼくとして、ごく普通にいつもどおり行動してる。ただ録音された部分が、二楽章の途中から三楽章の途中までぴょんとスキップするだけなんや。だからその間に、ぼくが金槌を持ちだして誰かを叩いたなんてことは、まず起こり得ない。ぼくはぼくとして常に抑制を保って、おおむね常識的に行動している。モーツァルトが、あるとき突然ストラヴィンスキーに豹変《ひょうへん》するわけやない。モーツァルトは一貫してモーツァルトであって、ただその一部が結果的にどこかの抽斗に紛れ込んでしまうというだけのことなんや」

彼はそこで口を閉ざして、複葉機のカップからまたコーヒーを一口飲んだ。僕もできればコーヒーが一口飲みたかった。

「でもな、そんなもん、所詮医者の言うことや。医者の言うことなんて、どこまで信用していいか、しれたものやない。高校時代のぼくは自分が、自分でもわからないあいだに、クラスの誰かの頭を金槌でどつくんやないかと、そのことがなにしろ心配でたまらんかった。高校生の頃なんてただでさえ、自分のことがろくにわかってないようなものやないか。地下の土管の中で生きてるみたいなもんや。おまけにそこに記憶喪失みたいなややこしいものが絡んできたら、これはもうたまったもんやないよ。そうやろ？」

僕は黙って肯いた。たしかにそうかもしれない。

「そんなこんなで、学校にあまり行かんようになった」と僕のガールフレンドのお兄さんは続けた。「考えれば考えるほど自分のことが怖くなって、学校に行けなくなったんや。で、母親がぼくの置かれた特殊な事情を教師に説明して、出席日数はかなり不足していたけど、学校はなんとか特例を適用して卒業を認めてくれた。高校の方もきっと、そんな厄介な問題を抱えた生徒は早いこと追い出してしまいたかったんやろな。でも大学には進まなかった。成績はそんなに悪くなかったから、どこかの大学には入れたと思うんやけど、まだ外に出てやって行ける自信がなかったんや。で、それ以来、こうやって家にこもってごろごろしている。せいぜい犬を連れて家の周りを散歩するくらいで、外に出かけることもほとんどない。でもな、ここのところ恐怖心みたいなのはだんだんましになっているような気がする。もうちょっと気持ちが落ち着いたら、たぶんどこかの大学に行くことになると思うんやけど……」

彼はそこで口を閉ざした。僕も黙っていた。何をどう言えばいいのか、よくわからなかったから。ガールフレンドがあまり兄の話をしたがらないわけがわかるような気がした。

彼は言った。「本を読んでくれてありがとう。『歯車』はなかなかよかった。暗いことは暗いけど、ところどころで言葉が心に染みたよ。ほんとにコーヒーはいらんか？　すぐにできるけど」

「いいえ、ほんとにけっこうです。そろそろ失礼しますから」

彼はまた壁の時計に目をやった。「十二時半まで待って、もし誰も戻ってこなかったら、引き上げたらいい。ぼくは二階の部屋にいるから、そのときは一人で勝手に帰ってくれ。ぼくのことは気にしなくていいから」

僕は肯いた。

「サヨコって、付き合ってて面白いか？」と僕のガールフレンドのお兄さんはもう一度僕に尋ねた。

僕は肯いた。「面白いです」

「どんなところが？」

「彼女には僕が知らないところがいっぱいあるから」と僕は答えた。それはかなり正直な答えだったと思う。

「ふうん」と彼は考え込むように言った。「そうやな、たしかにそうかもしれん。あいつは血を分けた妹で、遺伝子なんかも分け合って、生まれてこの方ずっと同じ屋根の下で暮らしてるけど、いまだにわけのわからんところだらけやもんな。なんというか、あいつの人間の成り立ちみたいなのが、ぼくにはよくわからんのや。だからできることなら、代わりに君がわかってやってくれればと思う。まあ、中にはわからんままでいた方がいいこともあるかもしれんけど」

彼はコーヒーカップを手に椅子から立ち上がった。

「まあ、うまいことやってくれ」と僕のガールフレンドのお兄さんは言った。そしてカップを持っていない方の手をひらひらと振って、部屋を出て行った。

「ありがとう」と僕は言った。

時計が十二時半を回っても、誰も帰ってくる様子はなかったので、一人で玄関に行って、スニーカーを履《は》いて家を出た。そして松林の前を通って駅まで歩き、やってきた電車に乗ってうちに帰った。不思議なくらい静かな秋の日曜日の午後だった。

二時過ぎに、ガールフレンドから電話がかかってきて、「うちに迎えに来ると約束したのは、次の週の日曜日だったでしょう」と言われた。もうひとつ納得できなかったが、彼女がはっきりそう言うのならたぶんそうなのだろう。こちらがうっかり予定を間違えたのだろう。日にちを一週間間違えて、彼女のうちまで迎えに行ったことを、僕は素直にあやまった。

でもそこで彼女の帰りを待っているあいだに、彼女のお兄さんと二人で会話したことは——会話というより、僕はほとんど相手の話を聞いていただけなのだが——あえて言わなかった。芥川龍之介の『歯車』を朗読して聞かせたことも、記憶をときどき喪失する疾患を抱えているという話を本人の口から聞かされたことも。たぶんそのことは伏せておいた方がいいだろうという気がしたからだ。また僕には、お兄さんも僕のガールフレンドにそのことは話していないだろうという、ある種直感のようなものがあった。もし彼がそのことを妹に話していないのなら、僕が彼女にそれを話さなくてはならない理由もたぶんあるまい。

僕のガールフレンドのお兄さんと再び出会ったのは、それから十八年くらいあとのことだった。十月の半ばだ。そのとき僕は三十五歳になり、妻と二人で東京で暮らしていた。東京の大学を出てそのままそこに落ち着き、仕事も忙しくなり、神戸に帰ることももうほとんどなくなっていた。

僕は修理に出した腕時計を受け取るために、夕方前に渋谷の坂道を上がっていた。ぼんやり考え事をしながら歩いていたのだが、そのときすれ違った一人の男に、背後から声をかけられた。

「あの、失礼ですが」と彼は言った。言葉のイントネーションは間違いなく関西のものだった。立ち止まって振り返ると、そこにいるのは見覚えのない男だった。僕より少し年上かもしれない。身長も僕より少し高い。厚いグレーのツイードの上着に、丸首のクリーム色のカシミアのセーターを着て、茶色のチノパンツをはいていた。髪は短く刈り込まれ、いかにもアスリートらしい締まった体つきをしていた。よく日焼けして(それはゴルフ焼けのように見えた)、多少造作が無骨ではあるものの、おおむね整った顔立ちだった。ハンサムと言っていいかもしれない。そこには基本的に満ち足りた生活を送っているという雰囲気がうかがえた。育ちも良いのだろう。

「お名前が思い出せないんですけど、あなたはひょっとして、ぼくの妹の昔のボーイフレンドやなかったかな」と彼は言った。

僕は彼の顔をもう一度見つめた。しかしその顔に覚えはなかった。

「あなたの妹さん？」

「サヨコ」と彼は言った。「高校のときに、たしか君と同じクラスだったはずやけど」

僕はそのとき、相手のクリーム色のセーターの胸に、小さなトマトソースの染みのようなものがついているのを目に留めた。彼はとてもこざっぱりとしたなりをしていたが、それだけにそのセーターの染みが、いかにも異質なものとして僕の目に映った。首の部分が緩んだ紺色のセーターの胸に、派手にパン屑をこぼしていた、眠そうな目をした二十一歳の青年のことを、そこではっと思い出した。そういう性癖・習慣は、時を経てもなかなか治らないものなのだ。

「思い出しました」と僕は言った。「サヨコのお兄さんだ。一度お宅でお目にかかりましたね」

「そう、君はぼくのために芥川の『歯車』を読んでくれた」

僕は笑った。「でもこんな人混みの中で、よく僕のことがわかりましたね。会ったのは一度きりで、それももうずいぶん前のことなのに」

「ぼくはね、どういうわけか、一度会った人の顔をまず忘れんのや。そういう物覚えは昔からとてもいい。それに君は、あの頃からほとんど見かけが変わってないみたいやしね」

「あなたはずいぶん変わったみたいですね」と僕は言った。「なんだか印象が違います」

「まあ、いろいろあってね」と彼は笑いながら言った。「ご存じのように、一時はずいぶんこじれたことになってたけど」

「サヨコさんはどうしていますか？」と僕は尋ねた。

彼は少し困ったように視線をわきに逸らし、息をゆっくり吸い込み、それを吐《は》いた。まるであたりの空気の密度を測っているみたいに。

「こんな忙《せわ》しい道の真ん中で立ち話もなんやから、ちょっとどこかに座って話でもしませんか。もしお急ぎやなかったら」と彼は言った。とくに急ぎの用事はないと僕は言った。

「サヨコはなくなりました」と彼は静かに切り出した。僕らは近くのコーヒーショップの、プラスチックのテーブルをはさんで座っていた。

「なくなった？」

「死んだんです。三年前に」

僕はしばらくのあいだ言葉を失っていた。口の中に、舌がどんどん膨《ふく》らんで大きくなっていくような感触があった。僕はたまった唾を飲み込もうとしたが、うまく飲み込めなかった。

最後にサヨコと会ったとき、彼女は二十歳だった。少し前に運転免許をとったばかりで、彼女は僕をトヨタ・クラウン・ハードトップに乗せて（それは彼女の父親が所有する車だった）、六甲山の上まで連れて行ってくれた。運転はまだ心許《こころもと》なかったが、それでもハンドルを握っている彼女は、とても幸福そうに見えた。カーラジオからはやはりビートルズの歌が流れていた。そのことをよく覚えている。曲は『ハロー・グッドバイ』だった。「君はグッドバイと言い、僕はハローと言う」。前にも言ったように彼らの音楽は、その頃の僕らをまるで壁紙のように隈無く取り囲んでいたのだ。

そんな彼女が死んで灰になってしまい、今ではもうこの世界のどこにも存在していないなんて、僕にはうまく呑みこめなかった。それは、どう言えばいいのだろう、ひどく非現実的なことに思えた。

「死んだって、どうして？」と僕は乾いた声で尋ねた。

「自殺したんです」と彼は慎重に言葉を選ぶように言った。「二十六のときに、勤めていた損保会社の同僚と結婚して、子供を二人産んだんやけど、それから自ら命を絶ってね。そのときまだ三十二歳やった」

「子供を残して？」

僕のガールフレンドのお兄さんは肯いた。「上が男の子で、下が女の子。残されたご主人が面倒を見てる。ぼくもちょくちょく子供たちに会いに行くよ。ええ子たちやから」

僕にはその事実がまだどうしても呑み込めなかった。彼女が、あのかつての僕のガールフレンドが、まだ幼い子供を二人残して自殺する？

「どうしてまた？」

彼は首を振った。「それがね、誰にもその原因がわからんのです。その時期、とくに悩んでいたり、落ち込んでいたり、そういう素振りも見えんかった。健康にも問題なく、夫婦仲も悪くなかったと思うし、子供も可愛がっていた。そして遺書みたいなものも、まったく残されてなかった。医者からもらった睡眠薬を貯めておいて、それをまとめてそっくり飲んだんです。だから自殺は計画的なものやったんやな。最初から死ぬつもりで、半年くらいかけて薬をちょっとずつ貯めていた。ひょっと思いついて、その場で衝動的にやったことではない」

僕は長いあいだ黙っていた。彼も黙っていた。僕らはそれぞれの考えごとに耽《ふけ》っていた。

僕とガールフレンドはその日、六甲山の上にあるホテルのカフェで別れ話をすることになった。僕は東京の大学に進んでいたが、そこで一人の女の子を好きになってしまったのだ。思いきってそのことを打ち明けると、彼女はほとんど何も言わず、ハンドバッグを抱えて席を立った。そしてそのまま振り向きもせず、早足で店を出て行った。

その結果、僕はケーブルカーに乗って一人で山を降ることになった。彼女は白いトヨタ・クラウンを運転して戻っていったのだと思う。見事に晴れ上がった日で、ケーブルカーの窓から神戸の街がくっきり一望できたことを覚えている。とても美しい風景だった。でもそれはもう、僕が見慣れたいつもの街ではなかった。

それがサヨコを目にした最後になった。それから彼女は大学を出て、ある大手損保会社に就職し、会社の同僚と結婚して二人の子供をもうけ、やがて睡眠薬をまとめて飲んで、自ら命を絶ってしまったのだ。

遅かれ早かれ彼女とは別れることになっただろうと思う。とはいえ、彼女と一緒に過ごした何年かを懐かしく思い出すことができる。彼女は僕にとっての最初のガールフレンドであり、僕は彼女のことが好きだった。女性の身体がどんな風になっているか、それを（おおむね）教えてくれたのも彼女だった。僕らは二人で一緒にいろんな新しい体験をした。おそらく十代のときにしか手にすることのできない素晴らしい時間を共有もした。

でも今更こんなことを言うのはつらいのだが、結局のところ、彼女は僕の耳の奥にある特別な鈴を鳴らしてはくれなかった。どれだけ耳を澄ましても、その音は最後まで聞こえなかった。残念ながら。でも僕が東京で出会った一人の女性は、その鈴をたしかに鳴らしてくれたのだ。それは理屈や倫理に沿って自由に調整できることではない。それは意識の、あるいは魂のずっと深い場所で、勝手に起こったり起こらなかったりすることであり、個人の力では変更しようのない種類のものごとなのだ。

「ぼくはね」と僕のガールフレンドのお兄さんは言った。「サヨコが自殺するかもしれんなんて、一度として考えたことがなかった。世界中の人間がみんな揃って自殺したとしても、あいつ一人だけはしっかり生き残るやろうと、たかをくくっていた。幻滅やら心の闇やらを、一人で抱え込むタイプとはどうしても思えなかった。はっきり言って、考えの浅い女やと思っていた。小さい頃からあいつのことはとくに気にしなかったし、向こうもぼくに対してそうやったろうと思う。気持ちがうまく通い合わんとでもいうのかな……ぼくはむしろ、下の妹との方がうまくいってた。でもね、今ではサヨコに悪いことをしたと、心の底から悔やんでるよ。ぼくにはあいつのことがよくわかってなかったのかもしれん。何ひとつあいつのことを理解してなかったのかもしれん。ぼくは自分のことで頭がいっぱいになっていたのかもしれん。所詮ぼくみたいなものの力では、妹の命を救うことはできなかったかもしれんけど、何かを少しでもわかってやることはできたはずや。あいつを死に導くことになった何かをな。そのことが今となってはとてもつらい。自分の傲慢《ごうまん》さ、身勝手さを思い出すと、たまらんほど胸が痛む」

僕に言えることはなにもなかった。僕もたぶん彼女のことを何ひとつ理解していなかったのだろう。彼と同じように、きっと自分のことで頭がいっぱいになっていたのだろう。

僕のガールフレンドのお兄さんは言った。「君があのとき読んでくれた芥川の『歯車』の中に、飛行士は高空の空気ばかり吸っているから、だんだんこの地上の空気に耐えられんようになる……みたいな話が出てきたやろう。飛行機病というやつ。そんな病気がほんとにあるのかどうかは知らんけど、しかしその文章を今でも覚えているよ」

「それで、記憶が飛んでしまう病気みたいなのは、もう大丈夫なんですか？」と僕は彼に尋ねてみた。おそらく、サヨコのことから話題を逸らすために。

「ああ、そのことか」と僕のガールフレンドのお兄さんは目を少しだけ細めて言った。

「妙な話やけどね、あるとき突然それが消えてしもたんです。遺伝的疾患やから、時間とともに進行することこそあれ、治癒する可能性はないと医者は言うてたけど、それがなんのことはない、急にふっと治ってしまった。まるで憑《つ》き物が落ちたみたいに」

「それはよかった」と僕は言った。それはほんとによかったと思った。

「君と会って話をした少しあとくらいからかな、それ以来記憶の喪失はもう一度も経験していない。それで気持ちもだんだん落ち着いて、無事にまずまずの大学に入って、無事にそこを卒業して、そのあとは父親の事業を継いでます。何年か回り道みたいなのはしたけど、今はなんとか人並みにやってるよ」

「それはよかった」と僕は繰り返した。「結局、お父さんの頭を金槌でどついたりはしなかったんだ」

「君も、しょうもないことをよう覚えてるな」と彼は言って、声を上げて笑った。「しかしそれにしても、たまたま仕事の用事があって、こうして東京に出てきているんやけど、こんな大きな都会でばったり君とすれ違うなんて、ほんとに不思議な気がするよ。何かの引きあわせだとしか、ぼくには思えない」

たしかに、と僕は言った。

「それで、君はどうしている？　ずっと東京に住んでいるのか？」

大学を出てすぐに結婚し、それからずっと東京に住んでおり、今はいちおうものを書いて生活していると僕は言った。

「物書きか」

「ええ、いちおう」

「そうか。うん、そういえば君は朗読がずいぶんうまかったものな」と彼は納得したように言った。「それから、こんなことを言われたらあるいは負担になるかもしれんけど、ぼくの意見をあえて言わせてもらえば、サヨコは君のことがいちばん好きやったんやと思う」

僕は何も言わなかった。僕のガールフレンドのお兄さんもそれ以上は何も言わなかった。

そのようにして我々は別れた。僕はそれから修理された腕時計を引き取りに行き、僕のかつてのガールフレンドのお兄さんは渋谷駅に向かって、ゆっくりと坂を下りていった。そしてそのツイードの上着の背中は、午後の人混みの中に吸い込まれていった。

それを最後に、彼にはもう会っていない。我々は偶然に導かれるまま、二度顔を合わせた。二十年近くの歳月を間に挟み、六百キロばかり距離を置いた二つの街で。そして我々はテーブルを挟んで座り、コーヒーを飲み、いくつかの話をした。それらは普通の茶飲み話みたいなものではなかった。そこには何かを——僕らが生きていくという行為に含まれた意味らしきものを——示唆《しさ》するものがあった。でもそれは結局のところ、偶然によってたまたま実現されたただの示唆に過ぎない。それを越えて我々二人を有機的に結び合わせるような要素は、そこにはなかった。

［設問・二度にわたる二人の出会いと会話は、彼らの人生のどのような要素を象徴的に示唆していたのでしょう？］

「ウィズ・ザ・ビートルズ」のＬＰを抱えていたあの美しい少女とも、あれ以来出会っていない。彼女はまだ、一九六四年のあの薄暗い高校の廊下を、スカートの裾を翻しながら歩き続けているのだろうか？　今でも十六歳のまま、ジョンとポールとジョージとリンゴの、ハーフシャドウの写真をあしらった素敵なジャケットを、しっかり大事に胸に抱きしめたまま。

「ヤクルト・スワローズ詩集」

最初にお断りしておきたいのだが、僕は野球が好きだ。それも実際に野球場に足を運び、目の前で展開されるナマの試合を見るのが好きだ。野球帽をかぶり、内野席ならファウル・フライを、外野席ならホームラン・ボールをキャッチするためのグラブを携《たずさ》えて行く。テレビで野球中継を見るのはそれほど好きじゃない。テレビで試合を見ていると、いつも何かいちばん大事なものを見逃してしまっているような気がする。つまりセックスに喩《たと》えれば……いや、それはやめよう、何はともあれ、テレビの画面で見る野球からは、ほんとうに心を躍《おど》らせるものが失われている。僕はそのように感じてしまう。箇条書きにしてその理由を説明しろと言われても困るけど。

具体的に言うなら、僕はヤクルト・スワローズのファンだ。熱狂的・献身的なファンとまでは言えないけれど、まずまず忠実なファンと言っていいだろう。少なくとものチームを応援している年月だけは長い。チームがまだサンケイ・アトムズと呼ばれていた時代から、頻繁《ひんぱん》に神宮球場に通っていた。そのために球場の近くに住んでいたことだってある。というか、実を言えば今もそうだ。神宮球場まで歩いて行けるというのが、僕が東京で住まい探しをするときの重要なポイントになる。もちろんチーム・ユニフォームもキャップも何種類か持っている。

神宮は昔から一貫して、集客力を世間に誇《ほこ》ることのない、心穏やかで謙虚な球場だ。より率直な表現を許していただければ、だいたいいつも閑散としている。球場まで行ってみたけど満員で入場できなかったということは、よほどのことがない限りない。「よほどのことがない限り」と僕が言うのは、たとえば夜に散歩していてたまたま月蝕《げっしょく》に巡り会うとか、近所の公園で愛想の良い雄の三毛猫に出会うとか、それくらいの確率を意味している。正直なところ、そういう人口密度のまばらさも僕としては少なからず気に入っていた。僕は子供の頃から何によらず混み合っている場所があまり好きでないのだ。

とはいえもちろん僕は、球場が常に閑散としているという理由だけでヤクルト・スワローズのファンになったわけではない。だってそれではヤクルト・スワローズ球団があまりにかわいそうではないか。気の毒なヤクルト・スワローズ。気の毒な神宮球場。だってほとんど常に、ホームチームであるヤクルト・スワローズの応援席よりは、ビジターチームの応援席の方が先に埋まってしまうのだ。そんな野球場って、世界中探しまわっても他に見当たらないだろう。

それでは僕は、どうしてそんなチームのファンになったのだろう？　いったいどのような長く曲がりくねった道を辿《たど》って、僕はヤクルト・スワローズと神宮球場の長期的支援者になったのだろう？　どのような宇宙を横切った末に、そのような儚《はかな》く薄暗い星を――夜空で位置を探りあてるのに人より余分に時間がかかるような星を――自らの守護星とすることになったのだろう？　それについて語り始めると、わりに長い話になる。でもまあこの際だから、少しその話をしてみよう。あるいはそれは、僕という人間の簡潔な伝記みたいになるかもしれない。

僕は京都生まれだが、生まれて間もなく阪神間に移り、十八歳になるまでそこで暮らした。夙川《しゅくがわ》と芦屋。暇があれば自転車に乗って、あるときは阪神電車に乗って、甲子園球場まで試合を見に行った。小学生の頃は当然ながら「阪神タイガース友の会」に入っていた（入ってないと学校でいじめられる）。甲子園球場は誰がなんと言おうと、日本でいちばん美しい球場だ。入場券を手に握りしめ、蔦《つた》の絡まる入場口から中に入り、薄暗いコンクリートの階段を足早に上っていく。そして外野の天然芝が目に飛び込んでくるとき、その鮮やかな緑の海を唐突に前にするとき、少年である僕の胸は音を立てて震えた。まるで一群の元気なこびとたちが、僕のささやかな肋骨の中でバンジージャンプの練習をしているみたいに。

グラウンドで守備練習をしている選手たちのまだ汚れひとつないユニフォーム、目を射《い》る純白のボール、ノックバットがボールを芯で捉える幸福な響き、ビールの売り子のきりっとしたかけ声、試合開始直前のまっさらなスコアボード——そこにはこれからほどかれるべき筋書きの予感が満ち、歓声やため息や怒号が怠《おこた》りなく用意されていた。そう、そのようにして僕の中で、野球を見ることと球場に足を運ぶことは、疑問をさしはさむ隙間もなく、ぴったり一体化されていったのだ。

だから十八歳で阪神間を離れ、大学に通うために東京に出てきたとき、僕はほとんど当然のこととして、神宮球場でサンケイ・アトムズを応援することに決めた。住んでいる場所から最短距離にある球場で、そのホームチームを応援する——それが僕にとっての野球観戦の、どこまでも正しいあり方だった。純粋に距離的なことをいえば、本当は神宮球場よりも後楽園球場の方が少しばかり近かったと思うんだけど……でも、まさかね。人には護《まも》るべきモラルというものがある。

それは一九六八年のことだった。フォーク・クルセイダーズの『帰って来たヨッパライ』がヒットし、マーティン・ルーサー・キングとロバート・ケネディが暗殺され、国際反戦デーに学生たちが新宿駅を占拠した年だ。そう並べてみると、なんだかもう古代史みたいだけど……。とにかくその年に、僕は「よし、これからはサンケイ・アトムズを応援することにしよう」と決断したわけだ。宿命だか星座だか血液型だか、予言だか呪《のろ》いだか、そんな何かしらに導かれて。もしひょっとして歴史年表みたいなものを今お持ちなら、その隅っこに小さな字でこう書き加えておいていただきたい。「一九六八年、この年に村上春樹がサンケイ・アトムズのファンになった」と。

世界中のすべての神様に誓って断言してもいいけど、その当時のアトムズは底なしに弱かった。スター選手は一人もいないし、球団も見るからに貧乏そうだし、球場は巨人戦を別にすればいつもがらがらで、使い古された表現を使わせていただくなら、まさに閑古鳥《かんこどり》が鳴いていた。僕は当時よく思ったものだ。球団のマスコットを鉄腕アトムではなく、閑古鳥にすればいいのにと。閑古鳥がどんな姿かっこうをしているのか、よく知らないけれど。

その頃は川上監督率いる常勝巨人軍の全盛時代で、後楽園球場はいつもいつも超満員だった。読売新聞は後楽園球場の招待券を主要な武器にして、新聞をせっせと売りまくっていた。王と長嶋はまさに国民的ヒーローになっていた。道ですれ違う子供たちはみんな得意そうに、ジャイアンツの帽子をかぶっていた。サンケイ・アトムズの帽子をかぶっている子供なんて、ただの一人も見かけなかった。あるいはそんなけなげな子供たちは、こっそりと裏道を歩いていたのかもしれない。足音を忍ばせ、軒下《のきした》を縫《ぬ》うようにして。やれやれ、いったいどこに正義なんてものがあるのだろう。

でも僕は暇があれば（というか、当時の僕はだいたいいつも暇だった）神宮球場に足を運び、一人で黙々とサンケイ・アトムズを応援していた。勝つよりは負けることの方が遥かに多かったけれど（三回に二回は負けていたような気がする）、僕もまだ若かったし、外野の芝生に寝転んで、ビールを飲みながら野球を観戦し、ときどきあてもなく空を見上げていれば、それでまずまず幸福だった。たまにチームが勝っているときにはゲームを楽しみ、負けているときには「まあ人生、負けることに慣れておくのも大事だから」と考えるようにしていた。当時の神宮球場の外野にはまだ座席もなく、しょぼくれた芝生のスロープがあるだけだった。そこに新聞紙（もちろんサンケイ・スポーツ）を敷いて、好きに座ったり寝転んだりした。雨が降れば当然ながら、地面はどろどろになった。

一九七八年の初優勝の年、僕は千駄ヶ谷に住んでいて、十分も歩けば神宮球場に行けた。だから暇さえあれば試合を見に行った。その年、ヤクルト・スワローズは（その頃にはもうヤクルト・スワローズというチーム名に変わっていたわけだけど）球団創設二十九年目にして初めてリーグ優勝を遂げ、余勢を駆って日本シリーズまで制覇してしまった。まさに奇跡的な年だった。そしてその年、僕はやはり二十九歳にして初めて小説らしきものを書き上げた。『風の歌を聴け』という作品で、それは「群像」の新人賞をとり、僕はそのときからとりあえず小説家と呼ばれるようになった。もちろんただの偶然の一致に過ぎないけれど、それでも僕としては、そういうところにささやかな縁のようなものを感じないわけにはいかなかった。

でもそれはずっとあとのことだ。そこに至るまでの、一九六八年から七七年にかけての十年間、僕は実に膨大な、（気持ちからすれば）ほとんど天文学的な数の負け試合を目撃し続けてきた。言い換えれば「今日もまた負けた」という世界のあり方に、自分の身体を徐々に慣らしていったわけだ。潜水夫が時間をかけて注意深く、水圧に身体を慣らしていくみたいに。そう、人生は勝つことより、負けることの方が数多いのだ。そして人生の本当の知恵は「どのように相手に勝つか」よりはむしろ、「どのようにうまく負けるか」というところから育っていく。
「我々の与えられたそういうアドバンテージは、君らにはまず理解できまい！」、僕は満員の読売ジャイアンツ応援席に向かって、よくそう叫んだものだ（もちろん声には出さなかったけれど）。

長いトンネルをくぐるようなその薄暗い歳月、僕は一人で神宮球場の外野席に座り、試合を観戦しながら、暇つぶしに詩のようなものをノートに書き留めていた。野球を題材にした詩だ。野球はサッカーとは違って、プレーとプレーの間にしょっちゅう隙間が空くし、少しグラウンドから目を離して、ボールペンを紙に走らせていても、その間にゴールが決まってしまうなんていうこともない。かなりのんびりとした競技なのだ。そして僕がそういうものを書いていたのはだいたい、やたら投手交代の多い退屈な負け試合だった（ああ、そういう試合がどれほど頻繁にあったことか）。

ちなみに詩集の最初に収められた詩はこんなものだ。この詩には短いヴァージョンと長いヴァージョンがあって、これは長い方。あとから少し手を加えてある。

右翼手

その五月の午後、君は
神宮球場の右翼守備についている。
サンケイ・アトムズの右翼手。
それが君の職業だ。
僕は右翼外野席の後方で
少し生ぬるくなったビールを飲んでいる。
いつものように。
相手チームのバッターは右翼フライを打ち上げる。
簡単なポップ・フライ。
大きく上がって、スピードもない。
風も止《や》んでいる。
太陽も眩しくない。
いただきだ。
君は両手を軽く上げ

三メートルほど前に進む。
オーケー。
僕はビールを一口飲み、
ボールが落ちてくるのを待つ。
ボールは
正確に物差しで測ったみたいに
君のちょうど三メートル背後に落ちる。
宇宙の端っこを木槌《きづち》で軽く叩いたみたいに
ことんと、乾いた音を立てて。
僕は思う。
どうしてこんなチームを僕は
応援することになったのだろう。
それこそなんというか
宇宙規模の謎だ。

これをはたして詩と呼んでいいのかどうか、僕にはわからない。これを詩と呼んだら、本物の詩人たちは腹を立てるかもしれない。僕をつかまえて、そのへんの電柱に吊したいと思うかもしれない。そんなことをされても、とても困る。しかしじゃあ、なんと呼べばいいのだろう。適当な呼び名があったら教えていただきたい。だから僕はこれをとりあえず詩と呼ぶことにした。そしてそれらを集めて、『ヤクルト・スワローズ詩集』として刊行することにした。もし詩人たちが怒りたいのなら、好きなだけ怒っていればいい。それが一九八二年のことだ。長篇小説『羊をめぐる冒険』を書き上げる少し前、いちおう（曲がりなりにも）小説家としてデビューして三年が経過していた。

もちろん大手出版社は賢明にも、そんなものを出版することに毛ほども興味を示さなかったから、半ば自費出版というかたちで出すことにした。幸い友だちが印刷所を経営していたので、わりに安く作ることができた。簡素な造本、ナンバー入りの五百部、全部にきちんとサインペンで署名した。村上春樹、村上春樹、村上春樹……。でも予想したとおり、ほとんど誰にも相手にされなかった。そんなものをお金を出して買う人間は、よほどの物好きだ。実際に売れたのはせいぜい三百部くらいだろう。あとは友だちや知り合いに記念品として配った。それが今では貴重なコレクターズ・アイテムになり、驚くほど高い値段がついている。世の中はまったくわからないものだ。僕の手元には二部しか残っていない。もっとたくさんとっておけば金持ちになれたのに。

＊

父親が亡くなったとき、僕は葬儀のあとで三人の従兄弟《いとこ》とさんざんビールを飲んだ。父方の二人の従兄弟（僕とだいたい同い年だ）と、母方の従兄弟（僕より十五歳くらい年下だと思う）と四人で真夜中までビールを飲んだ。ビール以外には何も飲まなかった。つまみもまったくなかった。ただただビールを延々と飲み続けただけだ。そんなにたくさんのビールを飲んだのは初めてのことだった。キリン・ビールの大瓶の空き瓶が、全部で二十本くらいテーブルに並んだ。よく膀胱《ぼうこう》がなんともなかったものだ。おまけにそのビールを飲んでいる間に、僕はその葬儀場の近くで見つけたジャズ・バーに足を運び、フォア・ローゼズのオンザロックを、ダブルで何杯も飲んだ。

どうしてその夜、そんなに大量の酒を飲むことになったのか、自分でもよくわからない。そのときはとりたてて悲しくも空《むな》しくもなく、とくに深く感じるものもなかったのだけれど。でもとにかくその日は、どれだけ飲んでもまるで酔っぱらわなかったし、二日酔いも残らなかった。翌朝目覚めたとき、頭はいつにもましてすっきりしていた。

僕の父親は筋金入りの阪神タイガース・ファンだった。僕が子供の頃、阪神タイガースが負けると、父親はいつもひどく不機嫌になった。顔つきまで変わった。酒が入ると、その傾向は更にひどくなった。だから阪神タイガースが負けた夜は、できるだけ父親の神経に障《さわ》らないように心がけたものだ。僕があまり熱心な阪神タイガースのファンにならなかったのは、あるいはなれなかったのは、そのせいもあるかもしれない。

ごく控えめに表現して、僕と父親との関係は、それほど友好的なものとは言えなかった。それにはまあいろいろと理由があるのだが、転移しまくるあちこちの癌と、重い糖尿病によって、彼が九十年に及ぶ人生に幕を下ろす直前まで、二十年以上にわたって、僕と父とはほとんどひとことも口をきかなかった。それを「友好的な関係」と呼ぶことには、どのような見地から見てもかなりの無理があるはずだ。最後にささやかな和解のようなものはあったが、それは和解と呼ぶにはいささか遅すぎるものだった。

でももちろん素敵な思い出もある。

僕が九歳の秋、セントルイス・カージナルズが日本にやってきて、全日本チームと親善試合をおこなった。偉大なるスタン・ミュージアルの全盛期だ。対する日本チームのエースは稲尾と杉浦だ。なんという素敵な対決だろう。僕と父親は甲子園球場に二人でその試合を見に行った。僕らは一塁側内野席の前の方に座っていた。試合の始まる前に、カージナルズの選手たちが球場を一周し、サイン入りの軟式テニス・ボールを客席に投げ入れていった。人々は立ち上がり、歓声を上げて、そのボールをとろうとした。僕はシートに座ったまま、ぼんやりとその光景を眺めていた。どうせサイン・ボールなんて小さな僕にとれるわけがない。でも次の瞬間、気がつくと、そのボールは僕の膝《ひざ》の上に載っていた。たまたまそれが僕の膝の上に落ちたのだ。ぽとんと、まるで天啓か何かのように。

「よかったなあ」と父親は僕に言った。半ばあきれたみたいに、半ば感服したみたいに。

そういえば、僕が三十歳で小説家としてデビューしたとき、父親はだいたい同じことを口にした。半ばあきれたみたいに、半ば感服したみたいに。

それは少年時代の僕の身に起こった、おそらくは最も輝かしい出来事のひとつだったと思う。最も祝福された出来事と言っていいかもしれない。僕が野球場という場を愛するようになったのも、そのせいもあるのだろうか？　もちろん僕はその、膝の上に落ちた白いボールを大事に家に持って帰った。でも覚えているのはそこまでだ。あのボールはどうなったのだろう？　それはいったいどこに仕舞い込まれてしまったのだろう？

＊

僕の『ヤクルト・スワローズ詩集』にはこんな詩も収められている。たぶん三原監督が采配《さいはい》をとっていた時期のことだったと思う。僕はなぜか、この時期のスワローズのことをいちばん生き生きと、懐かしく思い出す。球場に行くと何か面白いことが起こりそうで、胸がわくわくした。

鳥の影

初夏の午後のデーゲームだった。
八回の表
1対9（だかなんだか）でスワローズは負けていた。
名前を聞いたこともない六人目（だかなんだか）の
投手が投球練習をしていた。
ちょうどそのとき
くっきりとした鳥の影がひとつ
神宮球場の一塁から
センターの守備位置のあたりまで

緑の芝生の上を素早く走り抜けた。
僕は空を見上げたが
鳥の姿は見えなかった。
太陽が眩しすぎる。
僕が見たのは、芝生に落ちた
黒い切り抜きのような影だけだ。
そしてそれは鳥のかたちをしていた。
これは吉兆なのだろうか、
それとも凶兆なのだろうか、
それについて真剣に考える。
でもすぐに首を振る。
おい、よしてくれ
どんな吉兆がここにあり得るっていうんだ?

*

母親の記憶が次第にあやふやになり、一人暮らしが覚束《おぼつか》なくなってきたとき、僕は彼女の住まいを整理するために関西に帰った。そしてその物入れにすさまじい量のがらくた——としか思えないもの——が溜め込まれているのを目にして、呆然としてしまった。わけのわからない何やかやが、常識では推《お》し量《はか》れないほど大量に買い込まれていた。

たとえばひとつの大きな菓子箱の中にはぎっしりとカードが詰まっていた。ほとんどがテレフォン・カードで、中に阪神・阪急電車のプリペイド・カードも混じっていた。どのカードにも阪神タイガースの選手の写真がついている。金本、今岡、矢野、赤星、藤川……。テレフォン・カード？　やれやれ、今どきいったいどこでテレフォン・カードなんて使えばいいんだ？

いちいち数えはしなかったけど、カードは全部で百枚以上あったと思う。僕にはとても理解できない。僕の知る限り、母親は野球になんてこれっぽちも興味を持っていなかったはずだ。しかしそれらのカードが彼女の買い込んだものであることは明らかだった。それには確かな証拠がある。彼女は僕の知らないあいだに、何らかのきっかけで、阪神タイガースの熱心なファンになったのだろうか？　しかしいずれにせよ彼女は、自分が阪神タイガースの選手のテレフォン・カードを大量に購入したことを真っ向から否定した。「変なことを言うねえ。そんなもの私が買うわけないやないの」と彼女は言った。

「お父さんに聞いてくれたらわかると思うけど」

そう言われても困る。父親はもう三年前に死んでいるのだから。

そんなわけで僕は、携帯電話を持ち歩いているにもかかわらず、あちこちで苦労して公衆電話を探し、阪神タイガースのテレフォン・カードをせっせと使いまくっている。おかげでタイガースの選手の名前にも詳しくなった。そのおおかたは今ではもう引退したか、よそのチームに移ったかしているのだが。

阪神タイガース。

阪神タイガースにかつて、マイク・ラインバックという好感の持てる、元気な外野手がいた。僕は彼がいわば脇役として登場する詩をひとつ書いた。ラインバックは僕と同い年で、一九八九年にアメリカで自動車事故で亡くなった。一九八九年には、僕はローマで生活し、長篇小説を書いていた。だからラインバックが三十九歳の若さで死んだことも、長いあいだ知らなかった。当たり前のことだけど、イタリアの新聞では、阪神タイガースの元外野手の死は報じられない。

僕が書いたのはこんな詩だ。

外野手のお尻

僕は外野手のお尻を眺めるのが好きだ。
というか、だらだらとした負け試合を
外野席で一人で見ているとき
外野手のお尻をじっくり眺めるほかに
どんな愉《たの》しみがあるだろう？
あったら教えてもらいたい。
そのようなわけで
外野手の臀部《でんぶ》について語らせれば
僕は一晩でも話ができる。
スワローズの中堅手
ジョン・スコット[1]のお尻は
すべての基準を超えて美しい。
とてつもなく足が長く、お尻はまるで
宙に浮かんでいるように見える。
心躍る大胆な隠喩みたいに。

それにくらべると左翼手
若松の足はことのほか短く
二人が並んで立つと
スコットのお尻はだいたい
若松の顎のあたりにある。
阪神の[2]ラインバックのお尻は
均整が取れていて、自然な好感が持てる。
眺めているだけで
そのまま説得されてしまいそう。
広島カープ[3]のシェーンのお尻の形は
どことなく考え深く、知性的だった。
省察的だった、というべきだろうか。
人々は彼をシェーンブラムと
フルネームで呼ぶべきだった。
たとえそのお尻に敬意を表するためだけでも。
さて、美しくないお尻を持っている

1）ジョン・スコット　外野手として1979年から81年にかけてスワローズに在籍、活躍する。ダブルヘッダーで4本のホームランを打ったことがある。ダイヤモンドグラブ賞を2度とっている。
2）マイク・ラインバック　右翼野手として1976年から80年にかけて阪神タイガースに在籍。ハル・ブリーデンと共にクリーンアップの一員だった。ガッツ溢れるプレーで人気があった。
3）リチャード・アラン・シェーンブラム　1975年から76年まで外野手として広島カープに在籍。MLBではオールスター・ゲームに出場したこともある。名前が長いので「シェーン」に略された。「べつにそれでいいよ。僕は馬には乗れないけどね」と彼は言った。

外野手の名前は——ここまで
出かかっているのだが——やはり
あげないことにしよう。
彼らにも母親や兄弟や奥さんや
あるいは子供たちだっているだろうから。

*

僕は一度、ヤクルト・スワローズ・ファンとして、甲子園球場の外野席で阪神＝ヤクルト戦を観戦したことがある。用事があって一人で神戸を訪れていたとき、午後がそっくり暇になった。そして阪神三宮駅のホームに貼ってあったポスターで、たまたまその日に甲子園球場でデーゲームがあることを知り、「そうだ、久しぶりに甲子園に行ってみよう」と思いついたのだ。考えてみればもう三十年以上、その球場に足を運んだことはなかった。

そのときは野村克也が監督をしていた。古田や池山や宮本や稲葉が元気いっぱい活躍していた時代だ（考えてみれば幸福な時代だった）。だからもちろんこの詩はオリジナルの『ヤクルト・スワローズ詩集』には収録されていない。その詩集が出版されたあと、ずいぶん経ってから書かれたものだ。

僕はそのとき紙と筆記具を持っていなかったので、球場からホテルの部屋に戻り、すぐ机に向かって、備え付けの便箋《びんせん》にこの詩（のようなもの）を書き留めた。たまたま詩の形をとったメモ、とでも言うべきか。僕の机の抽斗《ひきだし》にはそういういろんな形のメモや、文章の断片がたくさん溜まっている。現実的にはほとんど何の役にも立たないのだが、それでも。

海流の中の島

夏のその午後
甲子園球場の左翼席で
ヤクルト・スワローズの応援席を探した。
探し当てるまでに
時間がかかった。応援席は
だいたい五メートル四方ほどの

大きさしかなかったから。
そのまわりはそっくり全部
タイガース・ファン。
ジョン・フォード監督の映画
『アパッチ砦』を思い出す。
頑迷なヘンリー・フォンダの率いる
小規模の騎兵隊が、大地を埋め尽くす
インディアンの大軍に包囲されている。
絶体絶命というか、
海流の中の小さな島みたいに
真ん中に勇敢な旗を一本立てて。

そういえば小学生の頃、この球場で、この外野席で
高校生の王貞治を見たことがあった。
早稲田実業が優勝した春
彼はエースで四番打者だった。

望遠鏡を逆からのぞいているような
不思議に透《す》きとおった記憶。
とても遠く、とても近い。
そして今、ここで僕は
力を持てあました、凶悪な
縞柄のインディアンたちに囲まれ
ヤクルト・スワローズの旗のもと
悲痛な声援を送っている。
故郷からずいぶん遠く離れてしまったものじゃないか、と
海流の中の小さな孤独な島で
僕の胸は静かにうずく。

*

なにはともあれ、世界中のすべての野球場の中で、僕は神宮球場にいるのがいちばん好きだ。一塁側内野席か、あるいは右翼外野席。そこでいろんな音を聞き、いろんな匂

いを嗅《か》ぎ、空を見上げるのが好きだ。吹く風を肌に感じ、冷えたビールを飲み、まわりの人々を眺めるのが好きだ。チームが勝っていても、負けていても、僕はそこで過ごす時間をこよなく愛する。

もちろん負けるよりは勝っていた方がずっといい。当たり前の話だ。でも試合の勝ち負けによって、時間の価値や重みが違ってくるわけではない。時間はあくまで同じ時間だ。一分は一分であり、一時間は一時間だ。僕らはなんといっても、それを大事に扱わなくてはならない。時間とうまく折り合いをつけ、できるだけ素敵な記憶をあとに残すこと——それが何より重要になる。

僕は球場のシートに腰を下ろし、まず最初に黒ビールを飲むのが好きだ。でも黒ビールの売り子の数はあまり多くない。見つけるまでに時間がかかる。ようやくその姿を認め、手を高く上げて呼ぶ。売り子がやってくる。若い痩せた男の子だ。栄養が足りないように見える。髪は長い。たぶん高校生のアルバイトだろう。彼はやってきて、まず僕に謝る。「すみません。あの、これ黒ビールなんですが」

「謝ることはないよ。ぜんぜん」、僕はそう言って、彼を安心させる。「だってずっと黒ビールが来るのを待っていたんだから」

「ありがとうございます」と彼は言う。そして嬉しそうににっこりする。

黒ビール売りの男の子はその夜これから、きっとたくさんの人に謝らなくてはならないのだろう。「すみません。あの、これ黒ビールなんですが」と。おおかたの客はたぶん黒ビールではなく、普通のラガービールを求めているわけだから。僕は代金を払い、彼にささやかな祝福を送る。「がんばってね」と。

僕も小説を書いていて、彼と同じような気持ちを味わうことがしばしばある。そして世界中の人々に向かって、片端から謝りたくなってしまう。「すみません。あの、これ黒ビールなんですが」と。

でもまあ、それはいい。小説のことを考えるのはやめよう。そろそろ今夜の試合が始まろうとしている。さあ、チームが勝つことを祈ろうではないか。そしてそれと同時に(密かに)、敗れることに備えようではないか。

謝肉祭（Carnaval）

彼女は、これまで僕が知り合った中でもっとも醜い女性だった――というのはおそらく公正な表現ではないだろう。彼女より醜い容貌を持つ女性は、実際には他にたくさんいたはずだから。しかし僕の人生とある程度近しい関わりを持ち、僕の記憶の土壌にそれなりに根を下ろしている女性たちの中では、彼女はいちばん醜い女性だったと言っておそらく差し支えないと思う。もちろん「醜い」のかわりに「美しくない」という婉《えん》曲《きょく》表現を用いることもできるし、そちらの方が読者に――とくに女性読者には――より抵抗なく受け入れてもらえるはずだ。しかし僕としてはそれでも、あえて「醜い」という直截的な（いささか乱暴な）言葉をここで使わせていただくことにする。その方が彼女という人間の本質により近く迫ることになるだろうから。

彼女のことは仮に「F＊」と呼んでおこう。本名をここで明かすのは、いくつかの意味合いにおいて適切なことではない。ちなみに彼女の本名はFとも＊ともまったく関係を持たない。

あるいはF＊もどこかでこの文章を読むことになるかもしれない。自分は生きている女性作家の書いたものにしかほとんど興味が持てないと、彼女は常々言っていたが、何かの拍子にこの文章を目にすることだってまったくなくはないだろう。そしてもしこの文章を目にすれば、僕が今ここで語っているのが自分のことだと、当然ながら気がつくはずだ。しかし僕が彼女のことを「これまで僕が知り合った中では、いちばん醜い女性だった」と書いても、F＊はたぶん気にもしないだろう。いや、むしろ面白がってくれるのではないだろうか。というのは、彼女は自分の容貌が優れていない――というか「醜い」ことを、周りの誰に劣らずよく承知していたし、その事実を自分なりのやり方で逆手《さかて》にとって愉《たの》しんでさえいたから。

この世間にあってそのような事例は、僕が考えるに、かなり希少な部類に属するはずだ。自分が醜いと自覚している醜い女性の数はそれほど多くはないし、それを事実として率直に受け入れ、ましてやそこにいくぶんの愉しみを見いだせるような女性は、皆無とは言わないまでも圧倒的に数少ないだろうから。そういう意味では、そう、彼女は実に普通ではない存在だったと思う。そしてその普通でなさは僕のみならず、少なからざる数の人々を彼女のまわりに惹きつけることになった。磁石《じしゃく》がいろんな形の有用無用の鉄くずを手元に引き寄せるみたいに。

　醜さについて語ることは、美しさについて語ることでもある。

　僕は美しい女性も何人か個人的に知っている。誰もが「この人は美しい」と認め、見とれてしまうような女性たちだ。しかしそれらの美しい女性たちは——少なくともその多くは——自分が美しくあることを手放しで無条件に愉しんではいないように僕の目には映った。それはずいぶん不思議なことに僕には思えたものだ。美しく生まれついた女性たちは常に男たちの関心を惹き、同性からは羨望《せんぼう》の目で見られ、なにかとちやほやされる。多くの高価なプレゼントを受け取るだろうし、交際相手の男性にも恵まれることだろう。それなのに、どうして彼女たちはもうひとつ幸福そうに見えないのだろう？ ある場合には憂鬱《ゆううつ》そうにさえ見えるのだろう？

　観察するところ、僕の知る美しい女性たちの多くは、自分の美しくない部分——人間の身体環境には必ずどこかにそういう部分はあるものだ——を不満に思い、あるいは苛立ち、その不満や苛立ちに恒常的に心をさいなまれているようだった。そしてどれほど些細《ささい》な欠点であれ、取るに足らないとしか思えない疵《きず》であれ、彼女たちは常にそのことを気にかけていた。ある場合には気に病んでいた。たとえば足の親指が大きすぎて、おまけに爪が妙な形に捻《ねじ》れているとか、左右の乳首の大きさが違っているとか。僕の知っているあるとても美しい女性は、自分の耳たぶが異様に長すぎると信じており、いつも髪を長くして耳たぶを隠していた。耳たぶの長短なんて、僕には本当にどうでもいいことに思えるのだが（一度だけ見せてもらったことがあるが、僕にはそれはどうしても通常の大きさの耳たぶとしか見えなかった）。あるいは耳たぶの長さ云々は、何か別のものの置き換え表現に過ぎないのかもしれないわけだが。

それに比べれば、自分が美しくないことを――あるいは醜いことを――それなりに愉しめる女性は、むしろ幸福であるとは言えないだろうか？　どんな美しい女性にもどこかしら醜い部分があるのと同じように、どんな醜い女性にだってどこかしら美しい部分はある。そして彼女たちは、美しい女性たちとは違って、そういう部分を心置きなく愉しめているようだった。そこには置き換えもなければ、比喩もない。

月並みな意見かもしれないが、僕らの暮らしている世界のありようは往々にして、見方ひとつでがらりと転換してしまう。光線の受け方ひとつで陰が陽となり、陽が陰となる。正が負となり、負が正となる。そういう作用が世界の成り立ちのひとつの本質なのか、あるいはただの視覚的錯覚なのか、その判断は僕の手には余る。しかしいずれにせよ、そういう意味合いにおいては、F＊はまさに光線のトリックスターだったと言えよう。

僕はある友人の紹介でF＊と知り合った。そのとき僕は五十歳を少し過ぎていた。彼女は僕よりたぶん十歳くらい年下だったと思う。しかし年齢は彼女にとってさして重要な要素ではない。彼女の容姿のあり方は、それ以外のほとんどすべての個人的ファクターを凌駕《りようが》していたからだ。年齢も、身長も、乳房の形や大きさも、彼女の「非美しさ＝醜さ」の前ではまるで重みを持たなかった。ましてや足の親指の爪の捻れ方とか、耳たぶの長さなんて視野の隅にも入らない。

それはサントリー・ホールでおこなわれた演奏会の休憩時間で、僕はロビーでたまたま男性の友人に出会い、彼はF＊と二人でワインを飲んでいた。その夜の主要演目はマーラーの交響曲だった（何番かは忘れた）。プログラムの前半はプロコフィエフの『ロミオとジュリエット』だった。彼は僕をF＊に紹介し、僕らは三人でワインのグラスを傾け、プロコフィエフの音楽について話をした。彼もたまたまそこで彼女と出会ったということだった。つまり三人ともそれぞれ一人でコンサートに来ていたわけだ。一人でコンサートに足を運ぶ人々のあいだには通常、ささやかな連帯感のようなものが生まれる。

F＊と初めて顔を合わせて、僕の心にまず浮かんだのは当然ながら、なんて醜い女性だろうという思いだった。しかし彼女はとてもにこやかで堂々としていたので、そんな風に思ってしまったことを僕は内心恥じた。そしてしばらく談笑しているうちに、どう表現すればいいのだろう、彼女の容貌の醜さに僕はすっかり馴染んでしまった。そして容貌のことなんてとくになんとも思わなくなった。彼女は話が上手だったし、感じも良く、話題も多岐にわたっていた。頭の回転も速く、音楽の趣味もなかなか良さそうだった。休憩時間の終了を告げる知らせが鳴り、彼女と別れたあとで僕は思った、「もしあれで顔が美しければ——というか、もう少しましな容貌であれば——とても魅力的な女性になることだろうな」と。

でもそんな僕の考えが薄っぺらい皮相的なものであったことを、あとになって僕は痛切に思い知らされることになった。なぜなら彼女の力強い個性——あるいは「吸引力」とでも称すべきもの——はまさにその普通ではない容貌があってこそ有効に発揮されるものだったからだ。つまりF＊が漂わせる洗練性と、その容姿の醜さとのあいだの大きな落差が、彼女独自のダイナミズムを立ち上げるのだ。そして彼女はその力を意識して調整し、行使することができた。

彼女の顔がどのように美しくないか＝醜いかを具象的に描写するのは、まさに至難の業だ。というのはどれほど言葉を尽くし、精密に描写し説明したところで、彼女の容貌の特異性の実体を読む人に伝えることはまず不可能だからだ。ただひとつ僕にはっきり断言できるのは、彼女の顔の造作に機能的に不備な点は何ひとつ見当たらないということだ。つまり、ここがちょっと変だとか、ここをうまく直せばもう少しましになるんじゃないかとか、そういう類《たぐ》いの問題ではまったくないのだ。ひとつひとつの部分にはとくに欠陥らしきものはない。しかしそれらの部分がひとつに組み合わさると、そこに紛れもない、有機的にして総合的な醜さが立ち上がる（そのプロセスはいささか妙な比較ではあるけれど、ヴィーナスの誕生を想起させる）。そしてその総体としての醜さを、言葉やロジックで説き明かすのはまず不可能になるし、もし仮にそんなことができたとしても、おそらく大した意味は持たないだろう。僕らがそこで与えられるのは「既にそうであるもの」として、目の前の状況をそのまま無条件に受け入れるか、あるいは頭からまったく受け入れないかという、二つの選択肢のみである。それは捕虜をとらないと決めた戦争みたいなものなのだ。

トルストイは小説『アンナ・カレーニナ』の冒頭で、幸福な家庭はみんな同じようなものだが、不幸な家庭はひとつひとつ成り立ちが違うという趣旨のことを述べているが、女性の顔の美醜についてもだいたい同じことが言えそうだ。僕が思うに（あくまで個人的な見解だと考えていただきたいのだが）、だいたいにおいて美しい女性は、「美しい」という共通項でひとつにくくることができる。彼女たちはみんな、黄金色の毛並みの美しい猿たちを一匹ずつ背中に背負っている。それぞれの猿の毛艶《けづや》や色合いは多少異なっているにせよ、そこにある眩しさがすべてをほぼ同質に見せてしまう。

それに比べて醜い女性たちは、一人ひとりそれぞれに、独自のくたびれた毛並みの猿たちを背負っている。猿たちの毛並みのやつれ方、はげ落ち方、汚れ方は一匹一匹、細かく異なっている。そしてそれらの猿たちは、ほとんどまったく光り輝いてはいないので、黄金色の眩しさが僕らの目をくらませるようなこともない。

しかしF＊の背負った猿はとても多様な顔を持ち、毛並みは同時にいくつもの色合いを——決して光り輝いてはいないにせよ——複合的に具《そな》えていた。そしてその猿の印象は見る角度によって、その日の気象や風向きによって、また見る時刻によってかなり大きく変化した。言い換えれば彼女の容貌の醜さは、様々なかたちの醜さの諸要素が、ある種の厳粛な決まりのもとに一ヶ所に呼び集められ、特別な圧縮力を受けて結晶化した結果だった。そして彼女の猿は、とても居心地良さそうに臆することなく、彼女の背中に静かに取りついていた。あたかもすべてのものごとの原因と結果が、世界の中心でひとつに抱き合うみたいに。

二度目にＦ＊に会った時、僕はそのことをある程度（まだうまく言語化はできなかったものの）認識することができた。彼女の醜さを理解するには、それなりに時間がかかる。そしてそこには直観や哲学や倫理みたいなものも、必要とされる。またたぶん、いささかの人生経験も要求されるだろう。そして彼女と時を共にしていると、ある段階で僕らはふとささやかな誇りを感じることになるのだ。自分がそのような直観や哲学や倫理や人生経験をたまたま身につけていたという事実に対して。

僕が二度目に彼女に会ったのは、やはりコンサートの会場だった。サントリー・ホールほど大きな会場ではない。フランスの女性ヴァイオリニストのコンサートだった。フランクとドビュッシーのヴァイオリン・ソナタが演奏されたと記憶している。彼女は優れたヴァイオリン奏者であり、その二つのソナタは彼女の得意とするレパートリーだったが、その日の調子は正直なところあまり良くなかった。アンコールで演奏されたクライスラーの二曲はとてもチャーミングだったが。

会場を出てタクシーを待っているところで、彼女に後ろから声をかけられた。そのときF＊は女友だちと一緒だった。ほっそりとして小柄な、美人の女友だちだった。F＊はどちらかといえば背が高い。僕よりほんの少し低いくらいだ。

「ねえ、少し歩いたところにいい店があるんだけど、もしよかったら少しワインでも飲みに行きませんか？」と彼女は言った。

いいですよ、と僕は言った。まだ夜は早いし、音楽に今ひとつのめり込めなかったフラストレーションのようなものが僕の中に残っていた。誰かと一緒にワインを一杯か二杯飲んで、良き音楽について語り合いたい気分だった。

僕ら三人は、近くの裏道にある小さなビストロに落ちついて、軽いつまみとワインを注文したのだが、ほどなくその美人の女友だちの携帯電話が鳴り、彼女はすぐに席を立った。飼い猫の具合が悪いという家人からの電話だった。そして僕とF＊は二人だけになった。でも僕がそれでとくにがっかりしたわけではない。僕はそのときにはもう、F＊という女性にかなり個人的な興味を抱き始めていたからだ。F＊は服装の好みがとてもよかったし、見るからに上等そうな青い絹のドレスを着ていた。身につけているジュエリーも実に完璧だった。シンプルだが人目を惹く。彼女が結婚指輪をはめていることに気づいたのはそのときだった。

僕と彼女はその日のコンサートについて話をした。ヴァイオリニストの調子があまり良くなかったということについて、僕らの意見は一致した。体調を崩していたか、あるいは指に痛みでもあったのか、与えられたホテルの部屋が不満だったのか、それはわからない。しかしたぶん何かしらのトラブルに見舞われたのだろう。コンサートに足繁く通っていれば、そういうことはしばしば起こる。

それから僕と彼女は自分たちの好きな音楽について話をした。僕らはピアノ音楽が好きなことで意見が一致した。もちろんオペラも聴くし、交響曲も聴くし、室内楽も聴く。でもいちばん好きなのは、ピアノの独奏曲だった。そしてその中でもとくに愛好する作品が、不思議なほどしっかり重なっていた。僕らはどちらも、ショパンの音楽についてはそれほど恒常的な熱意を抱くことができなかった。少なくとも朝起きて最初に聴きたくなる音楽ではない。モーツァルトのピアノ・ソナタは美しくチャーミングだが、正直なところさすがに聴き飽きた。バッハの平均律は見事な作品だが、身を入れて聴くにはいささか長すぎた。体調を整える必要がある。ベートーヴェンのピアノ・ソナタは時として生真面目すぎるところが耳につく。解釈もいちおう行き着くところまで行き着いている（と我々は考えた）。ブラームスのピアノ作品はたまに聴くと素晴らしいが、しょっちゅう耳にしているとくたびれる。しばしば退屈もする。ドビュッシーとラヴェルのピアノ音楽は、それを聴く時刻とシチュエーションを選ばないと、心には届かないかもしれない。

僕らが文句なく素晴らしい、いわば究極のピアノ音楽として選んだのは、シューベルトのいくつかのピアノ・ソナタと、シューマンのピアノ音楽だった。その中でも何か一曲だけを残すとしたら何がいいか？

たった一曲だけ？

そうよ、ただ一曲だけ、とF＊は言った。言うなれば、無人島に持って行くピアノ音楽。

難しい質問だ。腰を据えて考えを巡らせる時間が必要だった。

「シューマンの『謝肉祭』」と僕は最後に思い切って口にした。

F＊は目を細め、長いあいだ僕の顔をまっすぐ見ていた。それから両手をテーブルの上に置いて組み合わせ、関節をぽきぽきと鳴らした。正確に十回。まわりのテーブルの人々がみんなこちらを振り返るくらい大きな音がした。三日前のバゲットを膝で折るときのような乾ききった音だった。男女の別を問わず、それほど大きな音で関節を鳴らすことができる人はそんなにいない。あとで判明したことだが、両手の関節を大きな音で十回鳴らすのは、彼女が前向きに興奮したときに必ずおこなう癖だった。でもそのときはそんなことはわからないから、彼女が何らかの理由で腹を立てたのだろうと僕は思った。たぶん『謝肉祭』という選択が不適切だったのだろう。しかし仕方ない。僕は昔からシューマンの『謝肉祭』が大好きなのだ。もしそのことで腹を立てた誰かに殴りかかられたとしても、それでもやはり嘘はつけない。

「本当に『謝肉祭』でかまわないとあなたは思うわけ？　古今東西のピアノ曲からただ一曲だけを無人島に持ち込めるとして」、彼女は眉を寄せ、長い指を一本立て、念を押すように言った。

そう言われると、僕にもそれほど自信は持てなかった。シューマンのあの万華鏡《まんげきょう》のごとく美しく、また人智をまたぎ越して支離滅裂なピアノ音楽を残すために、バッハの『ゴルトベルク』や、平均律や、ベートーヴェンの後期のピアノ・ソナタや、勇壮にしてかつチャーミングな三番コンチェルトを、あっさり棄《す》て去ってしまっていいものだろうか？

しばしの重い沈黙があり、F＊は手の具合を確かめるように、何度か両方の拳《こぶし》を強く握りしめた。そして言った。

「あなたはなかなか素敵な趣味をしている。そしてその勇気に感心する。うん、私もそれにつきあってもいいわ。シューマンの『謝肉祭』だけを残すことに」

「本当に？」

「ええ、本当に。私も『謝肉祭』は昔から大好きなの。何度聴いても不思議なくらい聴き飽きない」

それから僕らは『謝肉祭』について長い時間語り合った。語り合いながらピノノワールのボトルを一本注文し、それをすっかり飲んでしまった。そのようにして僕らはちょっとした友だちになった。言うなれば『謝肉祭』友だちだ。そのような関係は結局、半年ほどしか続かなかったのだが。

僕ら二人がつくったのは、私的な『謝肉祭』同好会のようなものだった。とくに二人だけである必要はなかったのだが、その人数が二人を超えることはなかった。というのは僕らの他に、僕らと同じくらいシューマンの『謝肉祭』を愛好する人間は一人も見つからなかったから。

僕らはそれからずいぶん数多くの『謝肉祭』のレコードやCDを聴いた。どこかのコンサートで誰かがこの曲を弾けば、万難を排して一緒に聴きにいった。手元のノートブックによれば（僕はひとつひとつの演奏について細かく記述を残していた）、僕らは三人のピアニストが『謝肉祭』を弾くコンサートに足を運び、全部で四十二枚の『謝肉祭』のレコードやCDを聴いた。そしてそれらの演奏について膝を交えて意見を交換した。実に多くの古今東西のピアニストが『謝肉祭』を録音している。ずいぶん人気のあるレパートリーなのだ。にもかかわらず、「これなら」と首肯《しゅこう》できる演奏となると、その数はそれほど多くないことを僕らは発見した。

演奏がどれほど技巧的に完璧であっても、技巧の用い方が音楽と少しでもずれていたら、『謝肉祭』という音楽はただの無機質な指の運動に堕してしまう。その魅力の大方は消え失せてしまう。実のところとても表現のむずかしい難曲なのだ。並みのピアニストの手には負えない。具体的な名前はあげないけれど、世間で大家と呼ばれるピアニストだって、この曲に関してはしくじった演奏、面白みを欠いた演奏をおこなっている場合が少なくない。また、この曲を敬遠している（としか思えない）ピアニストも多い。ウラディミール・ホロヴィッツは生涯を通じてシューマンの音楽を好んで演奏したが、もなぜか『謝肉祭』は正規の録音を残していない。スヴィアトスラフ・リヒテルについても同じことが言える。そしてマルタ・アルゲリッチの演奏する『謝肉祭』をいつか聴きたいと望んでいる人間は僕一人のみではあるまい。

ちなみにシューマンと同世代の人々は、ほとんど誰もその音楽の素晴らしさを理解しなかった。メンデルスゾーンもショパンも、シューマンのピアノ音楽を評価しなかった。彼の作品を献身的に演奏し続けた妻のクララでさえ（彼女はその時代有数の名ピアニストだった）、こんな気まぐれな思いつきのようなピアノ曲よりは正統的なオペラや交響曲を書けばいいのにと、本心では考えていた。シューマンはソナタのような古典的形式を基本的に好まなかったので、その形態は往々にしてほとんどとりとめのない夢想的なものになった。彼は既成の古典主義から離れ、新しいロマン派の音楽をまさに立ち上げようとしていたのだが、多くの同時代人の目にはそれは確かな基礎と内容を持たない、エキセントリックな作品としてしか映らなかった。結果的にはその大胆なまでのエキセントリシティーが、ロマン派音楽を前進させる強力な推進力となったのだけれど。

とにかくその半年間、僕らは暇さえあれば熱心に『謝肉祭』を聴いた。もちろん『謝肉祭』ばかり聴いていたわけではなく、時にはモーツァルトも聴けばブラームスも聴いたが、顔を合わせれば必ず誰かの『謝肉祭』に耳を傾け、それについて意見を交換した。僕が書記役をつとめ、二人の意見を要約して記録した。彼女が僕の家に来ることも何度かあったが、僕が彼女の家に行くことの方がずっと多かった。彼女の家は都心にあったし、僕の家は郊外にあったからだ。そして二人で総計四十二枚の『謝肉祭』を聴き終えた時点で、彼女のベストワンはアルトゥーロ・ベネディッティ・ミケランジェリの演奏（エンジェル盤）であり、僕のベストワンはアルトゥール・ルビンシュテインの演奏（RCA盤）だった。僕らはそのように一枚一枚のディスクを細かく採点したが、しかしもちろんそんな順位付けが重要な意味を持つと思っていたわけではない。それはただのおまけのお遊びのようなものだった。僕らにとって何より大事だったのは、自分たちの愛する音楽について深く語り合うことであり、熱意を抱ける何かをほとんど無目的に共有しているという感覚だった。

十歳ほど年下の女性とそんなに頻繁に会っているとなると、普通であれば家庭内で一波乱持ち上がりそうなところだが、僕の妻は彼女のことなど気にもかけなかった。彼女の容貌が醜かったことが、その無関心の最大の理由であったことは、あえて断るまでもないだろう。僕とF＊との間に性的な関係が結ばれるかもしれないというような疑念は、妻の頭には毛ほども浮かばないようだ。それは彼女の醜さがもたらした、なによりの恩典だった。物好きな人たち、と僕の妻は考えているようだった。妻はクラシック音楽をとくに熱心には聴かないし、コンサートの多くは彼女を退屈させた。F＊のことを、妻は「あなたのガールフレンド」と呼んだ。またいくぶんの皮肉を込めて「あなたの素敵なガールフレンド」と呼ぶこともあった。

F＊の夫に会ったことはない（彼女には子供はいなかった）。たまたま僕の訪れる時間に夫が不在だったのか、あるいは彼女が夫のいない時間だけを選んで僕を家に呼んだのか、あるいはほとんどの時間夫は家を留守にしていたのか、それは僕には判断できなかった。そんなことを言い出せば、本当に彼女に夫がいたかどうかさえ僕には確言できなかった。彼女は夫については何ひとつ語らなかったからだ。そして僕の記憶している限り、彼女の住まいには男性の気配や痕跡はほとんどまったくうかがえなかった。とはいえ、彼女はとにかく自分には夫がいると公言していたし、左手の薬指には金の指輪がまぶしく輝いていた。

また彼女は自らの過去についても一切口にしなかった。どこの出身で、どんな家庭で育ち、どんな学校を出て、どんな仕事をしてきたか、そういうことを彼女はまったく語らなかった。僕が個人的な事柄について尋ねても、曖昧なほのめかしか、あるいは言葉を伴わない微笑が返ってくるだけだった。わかっているのは、彼女がある種の専門職についているらしく（少なくとも会社勤めはしていない）、かなり豊かな生活を送っているということだけだった。彼女は代官山の、緑に囲まれた瀟洒《しょうしゃ》な３ＬＤＫのマンションに住み、真新しいＢＭＷのセダンを運転していた。居間にあるオーディオ装置も高価なものだった。アキュフェーズのハイエンドのプリメイン・アンプとCDプレーヤーに、リンのスマートな大型スピーカー。そして彼女はいつも小ぎれいな服に身を包んでいた。僕は女性の服装に関してそれほど詳しい知識を有しているわけではない。しかしそんな僕が見ても、どれもかなり金のかかった一流ブランドの衣服であるらしいことはわかった。

こと音楽については、彼女はきわめて能弁だった。音楽を聴く彼女の耳はとても鋭く、それを表現する言葉の選び方も素速く適切だった。音楽知識も深く幅広いものだった。しかし音楽以外のこととなると、彼女は僕にとってほとんど謎《エニグマ》に近い存在だった。彼女は自分が語るつもりのないことは、どれほど水を向けても決して語ろうとしなかった。

あるとき彼女はシューマンについて語った。

「シューマンはシューベルトと同じように、若い頃に梅毒を患い、その病を身のうちに抱えたまま、頭がだんだん正常な状態ではなくなっていった。おまけに彼にはもともと分裂症的な傾向があったの。日常的にしつこい幻聴に悩まされ、身体は震え出すと止まらなくなった。そして自分が悪霊たちに追いかけられていると思い込んでいた。悪霊たちの存在を文字通り信じていたのよ。終わりのない恐ろしい悪夢にあとを追いかけられ、恐怖のあまり自殺を図ろうとすることになった。ライン川に身を投げまでした。内なる妄想と外なる現実が、彼の中で抜きがたく入り混じっていったの。この『謝肉祭』はかなり初期の作品だから、ここにはまだ、彼の悪霊たちははっきりとは顔を出していない。カルナヴァルのお祭りが舞台だから、至るところに陽気な仮面をかぶったものたちも溢れている。でもそれはただの単純に陽気なカルナヴァルじゃない。この音楽には、やがて彼の中で魑魅魍魎《ちみもうりよう》となっていくはずのものが、次々に顔を見せているの。ちょっとした顔見せみたいに、みんなカルナヴァルの楽しげな仮面をかぶってね。あたりには不吉な春先の風が吹いている。そしてそこでは血のしたたるような肉が全員に振る舞われる。謝肉祭。これはまさにそういう種類の音楽なの」

「だから演奏者は登場人物たちの、仮面とその下にある顔の双方を、音楽的に表現しなくてはならない——そういうことかな?」と僕は尋ねた。

彼女は肯《うなず》いた。「そう、そういうこと。まさにそういうこと。そのような表現ができなくては、この曲を演奏する意味はまるでないと私は考えている。この作品は、ある意味では遊びの極致にある音楽だけど、言わせてもらえれば、遊びの中にこそ、精神の底に生息する邪気《じやき》あるものたちが顔を覗かせるのよ。彼らは暗闇の中から、遊びの音色に誘い出されてくる」

彼女はしばらく沈黙に浸《ひた》っていた。それから話を続けた。

「私たちは誰しも、多かれ少なかれ仮面をかぶって生きている。まったく仮面をかぶらずにこの熾烈《しれつ》な世界を生きていくことはとてもできないから。悪霊の仮面の下には天使の素顔があり、天使の仮面の下には悪霊の素顔がある。どちらか一方だけということはあり得ない。それが私たちなのよ。それがカルナヴァル。そしてシューマンは、人々のそのような複数の顔を同時に目にすることができた――仮面と素顔の両方を。なぜなら彼自身が魂を深く分裂させた人間だったから。仮面と素顔との息詰まる狭間《はざま》に生きた人だったから」

彼女は本当は「醜い仮面と美しい素顔――美しい仮面と醜い素顔」と言いたかったのかもしれない。僕はそのときそう思った。彼女はおそらく自分の何かについて語っていたのだ。

「仮面をかぶっているうちに、それが顔に張り付いてとれなくなってしまう人もいるかもしれない」と僕は言った。

「そうね、そういう人もいるかもしれない」と彼女は静かに言った。そして少しだけ微笑んだ。「でももし仮面が顔に張り付いてとれなくなったとしても、その下に別の素顔があることに変わりはないのよ」

「誰にもそれを目にすることができないだけで」

彼女は首を振って言った。「それが見えるひともちゃんといるはずよ。きっとどこかにいる」

「でもそれを目にできたロベルト・シューマンは、結局のところ幸福にはなれなかった。梅毒と分裂症と悪霊たちのせいで」

「でもシューマンはこのような見事な音楽をあとに残したわ。他の人たちには書くことのできない種類の素晴らしい音楽を書いた」と彼女は言った。そして大きな乾いた音を立てて、両手の指の関節をひとつひとつ順番に鳴らした。「梅毒と分裂症と悪霊たちのおかげで。幸福というのはあくまで相対的なものなのよ。違う？」

「そうかもしれない」と僕は言った。

「ウラディミール・ホロヴィッツはあるとき、ラジオのためにシューマンのへ短調のソナタを録音したの」と彼女は言った。「その話は聞いたことある？」

「いや、聞いたことはないと思う」と僕は言った。シューマンのその三番のソナタは聴く方も、演奏する方も（たぶん）相当に骨の折れる代物だ。

「彼はその自分の演奏をラジオで聴いて頭を抱え込み、意気消沈してしまった。これはひどい演奏だって」

彼女は赤ワインが半分ほど残ったワイン・グラスを手の中でまわしながら、しばらくじっと眺めていた。それから言った。

「そしてこう言ったの。『シューマンは気が狂っていたが、私はそれを台無しにしてしまった』って。これ、最高に素敵な意見だと思わない？」

「素晴らしい」と僕は同意した。

僕は彼女のことをある意味では魅力的な女性だと思っていたが、彼女と性的な関係を持ちたいとはとくに考えなかった。そういう意味では、僕の妻の判断は正しかった。しかし僕が彼女と性的な関係を持たなかったのは、なにも彼女が醜かったからではない。彼女の醜さ自体は、我々が肉体的な関係を持つ妨げにはたぶんならなかっただろうと思う。僕が彼女と寝なかったのは――というか、実際にそういう気持ちになれなかったのは――その仮面の美醜よりはむしろ、仮面の奥に用意されているものを目にすることを恐れたからかもしれない。それが悪霊の顔であれ、天使の顔であれ。

十月に入ってしばらく、F＊からの連絡はなかった。僕は二枚ばかり新しい（そしていくぶん興味深い）『謝肉祭』のCDを手に入れて、それを彼女と一緒に聴きたいと思い、何度か電話をかけてみたのだが、彼女の携帯はいつも留守番電話になっていた。何度かメールを送ったが、返事は来なかった。そのようにして秋の数週間が経過し、十月も終わった。十一月がやってきて、人々はコートを着るようになった。彼女と付き合うようになってそれほど長く連絡が途絶えたのは、初めてのことだった。どこかに長い旅行に出かけたのかもしれない。あるいは身体の具合が良くないのかもしれない。テレビに映っている彼女を最初に目にしたのは妻だった。そのとき僕は自室で机に向かって仕事をしていた。

「なんだかよくわからないけど、あなたのガールフレンドがテレビのニュースに映っているわよ」と妻は言った。考えてみれば、彼女はF＊という名前を口にしたことは一度もない。常に「あなたのガールフレンド」だ。でも僕がテレビの前に行ったとき、そのニュースは既に終わって、パンダの赤ん坊のニュースに変わっていた。

正午になるのを待って、新しいニュースを見た。彼女はニュースの四番目に姿を見せた。F＊は警察署らしき建物を出て階段を降り、黒塗りのワゴン車に乗り込むところだった。その短い道のりをゆっくりと歩む行程がテレビカメラに収められていた。疑いの余地なくF＊だった。何があろうと彼女の顔を見間違えることはない。手錠をはめられているらしく、両手を前に出し、その上に暗い色合いのコートをかぶせられていた。二人の女性警官に両側から腕をとられていた。それでも彼女は顔を伏せたりはしなかった。唇をきちんと結び、何ごともないように前方を見据えていた。しかしその一対の目はどんな表情も浮かべてはいなかった。まるで魚の目のようだ。髪が少し乱れていたものの、それ以外は普段の彼女と同じ見かけだった。つまりいつも通りの容姿をいつも通りに維持していたということだ。しかしテレビの画面に映し出された彼女の顔からは、通常見受けられる生き生きとした何かが失われていた。あるいは意図的に仮面の奥に隠匿《いんとく》されていた。

女性アナウンサーはF＊の実名を口にし、大型詐欺事件の共犯として＊＊署に逮捕された経緯を告げた。報道によれば、事件の主犯は彼女の夫であり、その夫は数日前に既に逮捕されていた。彼が逮捕されたときの録画映像も映し出された。そこで僕は彼女の夫の顔を初めて目にしたわけだが、その男があまりに整った顔立ちをしていることを知って、言葉を失った。まるで職業モデルのような、ほとんど非現実的と言ってもいいほどの美男なのだ。歳も彼女より六歳若かった。

もちろん彼女がハンサムな年下の男と結婚しているからといって、僕がショックを受けなくてはならない理由はどこにもない。容姿の不釣り合いな夫婦なんて至るところにいる。僕のまわりにもそういう夫婦は何組かいる。それでもF*とその驚異的にハンサムな男性が、一つ屋根の下で――代官山の小ぎれいなマンションで――当たり前の夫婦生活を送っている様子を具体的に思い浮かべると、僕はなぜか激しく困惑しないわけにはいかなかった。世間の多くの人もテレビニュースで二人の顔を目にして、そのすさまじいまでの美醜の落差に驚愕したことだろうが、僕がそのとき感じた違和感は遥かに個別的なものであり、深く局所的なものだった。肌のあちこちにひりひりとした痛みさえ感じた。そこには何かしら不健全なものがあった。そしてまたそこには何か、そう、特殊な詐欺にあったときのような救いのない無力感があった。

二人が逮捕された罪状は、資産運用詐欺だった。適当な投資会社をでっち上げ、高い利回りを約束して一般市民から資金を集め、実際にはまったく資産運用などせず、集めた金を右から左に移して穴埋めするだけの荒っぽい、粗雑な手口だ。誰が考えたって、そんな綱渡りは遅かれ早かれ破綻するに決まっている。見るからに頭の切れる彼女が、そしてシューマンのピアノ音楽を深く理解し愛好する彼女が、何故そんな単純にして愚劣な犯罪に加担することになったのか、後戻りできない道に足を踏み入れることになったのか、僕には見当がつかなかった。その男との関係性の中に、犯罪の渦《うず》に彼女を巻き込んでいく、何らかの負の力が内包されていたのかもしれない。渦の中心には、彼女の個人的な悪霊が身をこっそり潜めていたのかもしれない。そうとしか僕には考えられなかった。

事件の被害総額は十億円を超え、被害者の多くは年金生活を送る高齢者だった。大事な老後の資金を根こそぎ奪われて途方に暮れている人々が、テレビの画面に映し出された。彼らのことは本当に気の毒だとは思ったが、たぶんもう取り返しはつかない。そして結局のところ、それはよくある種類の月並みな犯罪でしかなかった。多くの人々はなぜか月並みな嘘に引き寄せられる。あるいはその月並みさが逆に人々を引きつけるのかもしれない。この世の中に詐欺師が尽きることはないし、またカモになる人々が尽きることもない。テレビのコメンテーターたちがどのように説明しようと、誰を批判しようと、それは潮の満ち干のように明白な事実なのだ。

「それで、どうするの？」、ニュースが終わると妻は僕に尋ねた。

「どうするって、どうしようもないだろう」と僕はリモコンでテレビのスイッチを切って言った。

「でも彼女、あなたのお友だちなんでしょう？」

「ときどき会って、音楽の話をしていただけだよ。それ以外のことは何も知らない」

「投資の話をもちかけられたりはしなかった？」

僕は黙って首を振った。なにがあろうと、そういう話に彼女は僕を巻き込んだりはしない。それだけは断言できた。

「そんなに話をしたわけじゃないけど、悪いことをするような人には思えなかったな」

と妻は言った。「わからないものね」

いや、まったくわからないわけでもない、と僕はそのときふと思った。F*はある種特別な吸引力のようなものを持ち合わせていた。そしてそこには——彼女の特異なまでの容貌には——何かしら人の心に食い込んでくる力があった。それはまた彼女に対する僕の好奇心をかき立てた力でもあった。そして彼女のそのような特殊な吸引力と、若い夫のモデル並みに端整なルックスがひとつに組み合わされれば、あるいはそこで多くのことが可能になるかもしれない。人々はそのような合成物に抗《あらが》いがたく引き寄せられていくかもしれない。そこには悪の方程式のようなものが、常識や理屈を飛び越えて立ち上げられるかもしれない。いったい何がどうやって、この不似合いな二人をひとつのユニットとして結びつけたのかは知るべくもないが。

それから何日かのあいだ、テレビのニュースにはその事件が取り上げられ、同じ画像が何度も繰り返し映し出された。彼女は同じような魚の目で前方を見据え、ハンサムな年下の夫はその端整な顔をカメラに向けていた。彼の薄い唇の両端は、おそらくはほとんど反射的に微《かす》かに持ち上げられていた。映画俳優たちがよくそうするように、いわば職業的に。おかげで彼はまるで世界に向けて微笑みを送っているみたいに見えた。その顔はよくできた仮面のように見えなくもなかった。しかしいずれにせよ、一週間後にはその事件はほとんど忘れ去られていた。僕は新聞や週刊誌で事件の行方をフォローしていたのだが、それもまるで水流が砂地に吸い込まれるように次第に先細りになり、やがては消えていった。

そしてF＊もまた、僕の前から完全に姿を消した。彼女がどこにいるのか、僕にはわからなかった。拘置所にいるのか、刑務所に入っているのか、あるいは保釈されて自宅に戻っているのか、まったく知りようがない。彼女が裁判にかけられたという記事はどこにも見かけなかった。しかしおそらく裁判にはかけられたはずだし、被害総額の大きさからして、ある程度の刑期は宣告されたはずだ。新聞や雑誌の記事を読んだ限りでは、彼女が夫を積極的に手伝って法律を犯したことはかなり明白だったから。

それからかなり長い歳月が経過したわけだが、シューマンの『謝肉祭』が演奏されるコンサートがあれば、僕は未だにできるだけ足を運ぶようにしている。そしていつも客席を熱心に見回し、あるいは休憩時間にロビーでワインのグラスを傾けながら、彼女の姿を探し求める。その姿を実際に目にしたことは一度もないけれど、彼女が人混みのあいだから今にもふと姿を現しそうな予感がいつもそこにはある。

また『謝肉祭』の新しい演奏のディスクが出れば、僕はそれをまだ買い続けている。そしてノートブックに採点をつけている。数多くの新譜が出たが、僕の『謝肉祭』演奏のベストワンは、今でも変わることなくルビンシュテインだ。ルビンシュテインのピアノは人々のつけた仮面を力尽くで剝《は》いだりはしない。彼のピアノは風のように仮面と素顔との狭間を優しく軽やかに吹き抜けていく。

幸福というのはあくまで相対的なものなのよ。違う?

それよりももっと過去にさかのぼる話。

僕は大学生のときに一度、醜いとまでは言わないけれど、あまり容姿がぱっとしない女の子とデートしたことがある。かなりぱっとしないと言ってしまっていいかもしれない。友だちに誘われてダブルデートをしたのだが、僕の相手としてやって来たのが彼女だった。僕の友だちのガールフレンドと、女子大の同じ寮に住んでいる女の子で、僕より学年が一つ下だった。四人で一緒に簡単に食事をし、そのあと二人ずつ別々になった。季節は秋の終わりだった。

僕は彼女と公園を散歩して、それから喫茶店に入って、コーヒーを飲みながら話をした。彼女は背が低く、目が小さかった。でも見るからに性格の良さそうな女の子だった。恥ずかしそうに小さな声で話をしたが、声そのものは明瞭だった。きっと声帯の質が良いのだろう。大学ではテニスのクラブに入っているということだった。両親がテニス好きで、子供の頃からずっと一緒にテニスをしていたのだと。健康そうな一家だ。たぶん家族仲も良いのだろう。でも僕はテニスをほとんどやったことがないので、テニスについて語りあうこともできなかった。僕はジャズが好きだったが、彼女はジャズについてはほとんど何も知らなかった。だから共通の話題がうまく見つけられなかった。でも彼女はジャズのことを聞きたがったので、僕はマイルズ・デイヴィスやアート・ペッパーの話をした。どんな風にして僕がジャズを好きになり、ジャズのどんなところが面白いのか。彼女は熱心に僕の話を聞いていた。僕の話がどこまで理解されたのかは不明だったが。それから僕は駅まで彼女を送って、そこで別れた。

別れ際に彼女の寮の電話番号をもらった。彼女は手帳の白紙の部分に番号を書き、そのページをきれいに破って僕に手渡した。でも結局、僕が彼女に電話をかけることはなかった。

数日後、ダブルデートに誘ってくれた友人に会ったとき、彼は僕に謝った。彼はこう言った。

「このあいだは、あんなブスな女の子を連れてきて悪かったな。本当はもっときれいな子を紹介するはずだったんだけど、直前になってその子に急に用事ができちゃってさ、しょうがなくてあの子を代わりに連れてきたんだ。寮にはそのとき他に誰もいなかったもんだから。彼女もおまえに悪かったって言っていた。今度またちゃんと埋め合わせをするからさ」

友人にそのように謝られたあと、彼女に電話してみなくてはと僕は思った。彼女はたしかにきれいな女の子ではなかった。でもただのブスな女の子でもなかった。そのあいだにはちょっとした違いがある。そしてそういう違いを僕はそのままにしておきたくなかった。それは僕にとっては、どう言えばいいのだろう、けっこう大事な問題だった。気持ちの問題だ。彼女を恋人にすることはないかもしれない。たぶんないだろう。でももう一度会って話をしてもいい。どんな話をすればいいのかわからないが、何か話せることはあるはずだ。彼女をただのブスな女の子にしておかないためだけにも。

しかし電話番号を書いた紙が、どうしても見つからなかった。コートのポケットに入れたはずなのに、どこにもないのだ。あるいは不必要な領収書なんかと一緒に、間違えて捨ててしまったのかもしれない。たぶんそんなところだろう。とにかくそのようなわけで、彼女に電話をかけることができなかった。友人に言えば寮の電話番号を教えてくれただろうが、返ってくるであろう反応が面倒で、彼に聞く気にはどうしてもなれなかった。

そんな出来事を、僕はもうずいぶん長いあいだすっかり忘れてしまっていた。まったく思い出しもしなかった。でもこうしてF＊の話を書いているうちに、彼女の容姿のありようについて書き記しているうちに、突然そのときのことが頭によみがえってきたのだ。ずいぶんありありと。

二十歳の秋の終わりに僕は、一度だけその容姿の優れない、女の子とデートし、二人で夕暮れの公園を散歩した。コーヒーを飲みながら、アート・ペッパーのアルトサックスの音が時折どんな風に素敵に軋《きし》むかについて、彼女にくわしく説明した。それはたまたまの楽音の乱れではなく、彼にとってのひとつの大事な心的状況の表現なのだと（そう、「心的状況の表現」と僕はそのとき実際に口にしたのだ）。そしてそのあと、彼女が別れ際にくれた電話番号のメモを、僕はどこかに永遠になくしてしまったのだ。言うまでもなく、永遠はとても長い時間だ。

それらは僕の些細な人生の中で起こった、一対のささやかな出来事に過ぎない。今となってみれば、ちょっとした寄り道のようなエピソードだ。もしそんなことが起こらなかったとしても、僕の人生は今ここにあるものとたぶんほとんど変わりなかっただろう。しかしそれらの記憶はあるとき、おそらくは遠く長い通路を抜けて、僕のもとを訪れる。そして僕の心を不思議なほどの強さで揺さぶることになる。森の木の葉を巻き上げ、薄《すすき》の野原を一様にひれ伏させ、家々の扉を激しく叩いてまわる、秋の終わりの夜の風のように。

品川猿の告白

僕がその年老いた猿に出会ったのは、群馬県M＊温泉の小さな旅館だった。五年ばかり前のことだ。鄙《ひな》びた、というか老朽化してほとんど傾きかけたその旅館に宿泊したのは、たまたまの成り行きによるものだった。

僕は思いつくまま行き当たりばったりの一人旅を続けていたのだが、とある温泉町に着いて列車から降りたときには、時刻は既に午後七時を過ぎていた。秋もそろそろ終わりに近づき、日はとっくに落ちて、あたりは山間部の土地特有の濃紺の深い暗闇に包まれていた。嶺《みね》から吹き下ろす冷ややかな鋭い夜風が、かさかさという乾いた音を立てて、手のひらほどの大きさの落ち葉を路上に転がしていた。

温泉町の中心部を歩いて適当な宿を探したのだが、まともな宿屋で、夕食の時刻が過ぎたあとに宿泊客をとってくれるところは、なかなか見つからなかった。五、六軒の旅館をあたって、軒並みあっさり門前払いを食ったあとで、町外れの少し寂れたあたりにようやくひとつ、食事抜きで泊めてくれる温泉宿が見つかった。「木賃宿」という由緒ある表現がいかにも似合いそうな、寂寥《せきりょう》感溢れる宿泊施設だった。かなりの年代を経た建物だが、ただ古びているというだけで、古風な趣《おもむき》のようなものはどこにも見当たらない。あちこちの建て付けが微妙に歪《ゆが》んでいるようにも見えた。少しずつその場しのぎに改修したところが、元々の建築に馴染《なじ》んでいないのだろう。次の地震を持ちこたえるのは、あるいはむずかしいかもしれない。今日明日のうちに大きな地震が起こらないことを、ただ願うしかない。

夕食は出さないが、朝食がついていて、宿賃は驚くほど安かった。玄関を入ったところに簡単な帳場のようなものがあり、一本の毛髪も眉毛も残されていない老人が、宿賃を前金で受け取った。眉毛のないせいで、大きな両目が異様に爛々《らんらん》と輝いているように見えた。老人の隣に敷かれた座布団の上では、やはりかなり年老いた大きな茶色の猫が熟睡していた。鼻の具合があまりよくないらしく、猫にしては大き過ぎる寝息を立てていた。寝息のリズムは時々不穏に乱れた。その宿では、あらゆるものが年老いて古び、劣化しているようだった。

案内された部屋は布団部屋のように狭く、天井の明かりは暗く、畳の床は歩くたびにみしみしと不吉な音を立てて軋《きし》んだ。でも今さら贅沢は言えない。天井のついた部屋で、いちおう布団に潜り込んで眠れるだけでもありがたいと思わなくてはならない。

僕は唯一の荷物である大きめのショルダーバッグを部屋に置くと、町に出て（とくにそこでゆっくり寛《くつろ》ぎたいと思うような部屋ではなかった）、近くの蕎麦《そば》屋に入って簡単な夕食をとった。そこ以外に、付近で開いている飲食店は一軒も見当たらなかったからだ。ビールとつまみを何品かとり、温かい蕎麦を食べた。決してうまい蕎麦ではなかったし、だし汁も生ぬるかったが、これもまあ贅沢は言えない。空きっ腹を抱えて眠るよりは遥かにありがたい。蕎麦屋を出たあと、何か簡単な食べ物とウィスキーの小瓶でも買えればと思ってコンビニエンス・ストアを探したのだが、そんなものはどこにも見当たらなかった。八時を過ぎたら、あとは射的屋が何軒か開いているだけだ。だから仕方なく宿に戻り、浴衣《ゆかた》に着替えて階下にある風呂に行った。

建物や設備の貧相さに比べると、温泉は思いのほか素晴らしかった。湯は薄めた形跡のない濃厚な緑色で、硫黄《いおう》の匂いも昨今類を見ないほど強烈で、身体が芯からほかほかと温まった。僕の他には入浴客もおらず（宿泊客が他にいるのかどうかさえわからない）、のんびりと心ゆくまで湯につかることができた。しばらくつかっていると頭がのぼせてくるので、湯から出て身体を冷まし、それからまたあらためて湯につかった。こういうみすぼらしい見かけの宿で逆に良かったのかもしれないなと僕は思った。大きな旅館でうるさい団体客に出くわしたりするより、この方がずっと落ち着ける。

猿がガラス戸をがらがらと横に開けて風呂場に入ってきたのは、僕が三度目に湯につかっているときだった。その猿は低い声で「失礼します」と言って入ってきた。それが猿であることに気づくまでにしばらく時間がかかった。濃いお湯のせいで頭がかなりぼんやりしていたこともあるし、だいたい猿が口をきくなんて考えもしないから、その姿かたちと、それが猿という動物であるという認識が、急にはうまくひとつに重ならなかったのだ。僕はまとまりを欠いた頭で、湯気《ゆげ》の向こうにある猿の姿をしばらく眺めていた。

猿は背後でガラス戸を閉めると、風呂場に散らかっていた桶《おけ》を片付け、大きな温度計を湯に入れて温度を確かめた。温度計の目盛りを見るときにぎゅっと目をすぼめた。まるで新種の病原菌を特定している細菌学者のように。

「お湯の具合はいかがでしょうか？」と猿は僕に尋ねた。

「とても良いよ。ありがとう」と僕は言った。僕の声は湯気の中でこんもりと柔らかく響いた。その響きには何かしら神話的な趣さえ聞き取れた。それは自分の声のようには聞こえなかった。まるで森の奥から戻ってくる、過去からのこだまみたいだ。そのこだまは……いや、ちょっと待ってくれ、どうして猿がこんなところにいて、人間の言葉を話しているんだ?

「背中をお流ししましょうか?」と猿はやはり低い声で僕に尋ねた。見かけには似合わず、ドゥワップ・コーラスグループのバリトンを思わせる艶《つや》のある声だった。しゃべり方にも癖がなく、目を閉じて聞いていたら、人が普通に話しているとしか思えない。

「ありがとう」と僕は言った。とくに誰かに背中を流してもらいたいわけではなかったが、ここで断ったら、「猿なんぞに背中を流してもらいたくない」と思っているととられるのではないか――僕はそのことを恐れたのだ。たぶん親切で言ってくれているのだろうし、僕としてはできるだけ猿の気持ちを傷つけたくなかった。だからゆっくり湯から出て、小さな木の台に腰掛け、猿に背中を向けた。

猿は服を着ていなかった。もちろん猿は通常服を着ていない。だからそのことをとくに奇異には感じなかった。その猿は年を取っているらしく、毛には白いものがかなり混じっていた。猿はタオルを持ってきて、そこに石鹼をつけ、慣れた手つきで器用にごしごしと僕の背中を洗ってくれた。

「ずいぶんお寒うなりましたですね」と猿は言った。

「そうだね」

「もう少ししますと、このへんはけっこう雪が積もります。そうなると、雪下ろしがなかなか大変でして」

少し間があいたので、僕は思いきって尋ねてみた。「君は人間の言葉がしゃべれるんだ?」

「はい」と猿ははきはきと答えた。たぶんいろんな人から同じ質問を受けるのだろう。「小さい頃から人間に飼われておりまして、そのうちに言葉も覚えてしまいました。かなり長く、東京の品川区で暮らしておりました」

「品川区のどのあたり?」

「御殿山《ごてんやま》のあたりです」

「いいところだね」

「はい、ご存じのようにずいぶん住みやすいところであります。近くに御殿山庭園なんかもございまして、自然に親しむこともできました」

会話はそこでいったん途切れた。猿は僕の背中をごしごしと力を込めて洗い続け（なかなか気持ちよかった）、僕はそのあいだに頭の内部を懸命に合理化し、整理していた。

品川育ちの猿？　御殿山庭園？　いくらなんでも、猿がこんなに流暢《りゅうちょう》に言葉を覚えられるものだろうか？　しかしそれはどう見ても猿だった。姿かたち、猿以外の何ものでもない。

「僕は港区に住んでいる」と僕は言った。それはほとんど意味のない発言だった。

「じゃあ、すぐお隣ですね」と猿は親しみを込めて言った。

「品川ではどんな人に飼われていたの？」と僕は尋ねた。

「ご主人は大学の先生でした。物理学が専門でして、学芸大学で教鞭をとっておられました」

「インテリだったんだ」

「はい、そうです。無類の音楽好きでして、ブルックナーとリヒアルト・シュトラウスの音楽を好んでおられました。おかげで私もそういう音楽が好きになりました。小さい頃からずっと聴かされていたものですから。門前の小僧、というやつですね」

「ブルックナーが好き？」

「はい、七番が好きです。とりわけ三楽章にはいつも勇気づけられます」

「僕は九番をよく聴くけど」、それもあまり意味のない発言だ。

「はい、あれも実に美しい音楽です」と猿は言った。

「その先生が君に言葉を教えたんだね？」

「はい。子供がおられなかったので、そのかわりにといいますか、暇を見ては私をみっちり教育されたのです。きわめて我慢強く、規則性をどこまでも重んじる方でした。真面目な性格で、正確な事実の反復こそが真の叡智《えいち》への道だというのが先生の日頃の口癖でした。奥様は無口ですが、とても優しい方でして、私にはそれは良くしてくださいました。仲の良いご夫婦でして、こんなことをよそさまに申し上げるのはなんですが、夜の営《いとな》みはかなり激しかったです」

「ほう」と僕は言った。

やがて猿は僕の背中を洗い終え、「どうも失礼いたしました」と言って丁寧に頭を下げた。

「どうもありがとう」と僕は言った。「なかなか気持ちがよかった。ところで、君はこの旅館で働いているのかな？」

「はい、そうです。ここで働かせてもらっています。大きな立派な旅館は、猿なんぞまずやとってはくれません。でもこのうちは人手がいつも不足しておりまして、猿でもなんでも、役に立ちさえすれば働かせてくれます。もっとも猿ですので、お給料は微々たるものですし、あまり人目に触れないところでしか働かせてもらえません。風呂の世話とか、掃除とか、その程度の仕事です。普通のお客さんは猿がお茶なんか持ってきたら、そりゃ驚きますので。また調理場なんかだと、食品衛生法なんかにもひっかかりますでしょうし」

「長く働いているの？」

「かれこれ三年になりますでしょうか」

「しかしここにこうして落ち着くまでには、きっといろんないきさつがあったんだろうね？」と僕は尋ねてみた。

猿はこっくりと肯《うなず》いた。「はい、それはもう」

僕は少し迷ったが、思い切って猿に尋ねてみた。「もしよかったら、少し君の身の上話を聞かせてもらえないだろうか」

猿は少し考え、そして言った。「はい、よろしいです。お客様が期待なさるほど面白い話ではないかもしれませんが、十時になれば私の仕事はいちおう終わりますので、そのあとでお部屋にうかがうことはできます。それでかまいませんでしょうか？」

それでかまわないと僕は言った。「そのときについでにビールを持ってきてもらえるとありがたいな」

「承知しました。よく冷えたビールをお持ちいたします。銘柄はサッポロでよろしいでしょうか?」

「ああ、それでかまわない。ところで、君はビールは飲むのかい?」

「はい、おかげさまで少しはいただけます」

「じゃあ、大瓶を二本ばかり頼もう」

「承知いたしました。それで、お客様はたしか二階の『荒磯の間』にお泊まりでしたよね?」

そうだと僕は言った。

「しかしなんだかおかしなものですね。こんな山の中にあるのに『荒磯の間』なんてね。ふふふ」と言って猿はおかしそうに笑った。猿が笑うのを目にするのは、それが生まれて初めてだった。でも猿だってやはり笑いもすれば、泣きもするのだろう。なにしろ言葉がしゃべれるくらいだから。

「ところで君には名前はあるのかい?」と僕は尋ねた。

「名前というほどのものは持ち合わせませんが、みなさんには品川猿と呼ばれております」

猿はガラス戸を横に開けて風呂場から出ると、振り向いて僕に丁寧に一礼し、それからゆっくりガラス戸を閉めた。

十時少し過ぎに、猿は二本の瓶ビールを載せた盆を持って「荒磯の間」にやってきた（猿が言ったようにどうして「荒磯の間」なんて名前がついているのか、僕にもさっぱりわけがわからなかった。それは本当に物置に近いような貧相な部屋で、荒磯と結びつくような要素は皆無だったから）。盆の上にはビール瓶の他に、栓抜きと二個のグラスと、さきイカと柿ピーの袋があった。なかなか気の利く猿のようだった。

猿は今では服を着ていた。〈I ♥ NY〉とプリントされた厚手の長袖シャツに、グレーのジャージのトレーニング・パンツというかっこうだった。たぶん子供の古着を誰かから払い下げてもらったのだろう。

テーブルみたいなものはなかったから、我々は薄い座布団の上に並んで座り、壁に背中をもたせかけた。猿は栓抜きを使ってビールを開け、二つのグラスに注いでくれた。そして我々は黙ってグラスを合わせて乾杯した。

「ごちそうになります」と猿は言って、いかにも美味しそうに冷えたビールをごくごくと飲んだ。僕も同じようにビールを飲んだ。猿と並んで座って、一緒にビールを飲むというのも、正直言ってなんだか奇妙なものだが、でもたぶんそういうのも慣れの問題なのだろう。

「いや、仕事上がりのビールは格別です」と猿は口元を毛深い手の甲で拭いながら言った。「でも猿ですので、なかなかこうしてビールを飲めるような機会も少ないのです」

「ここは住み込みで働いているの？」

「はい。屋根裏部屋のようなところに布団を敷いて、寝泊まりさせてもらっております。ときどきネズミなんぞが出ますので、いささか落ち着きませんが、しかしなんといっても猿の身ですから、布団をかぶって寝られて、三度の食事がちゃんといただけるだけでありがたいと思わねばなりません。極楽……とまでは申しませんが」

猿が一杯目のビールを飲み干したので、僕は彼のグラスにおかわりを注いでやった。

「ありがとうございます」と猿は丁寧に礼を言った。

「君は人間とではなく、仲間……というか他の猿たちと一緒に暮らしたことはあるのかな？」と僕は尋ねてみた。僕にはその猿に尋ねたいことがたくさんあった。

「ええ、何度かあります」と猿は少しばかり顔を曇らせて言った。目の脇の皺が折り畳まれるように深くなった。「わけあってあるとき、品川から力尽くで放逐されまして、高崎山に放たれました。最初はそこで心穏やかに暮らせそうに見えたのですが、でも結局はうまく運びませんでした。なにしろ人間の家庭で、大学教授夫妻に育てられたものですから、他の猿たちとは——もちろん彼らは私の大事な同胞であるわけですが——もうひとつ心を通じ合わせることができませんでした。共通の話題もありませんし、コミュニケーションが円滑にとれないのです。『おめえの発声はどこか変だぞ』みたいなことを言われ、何かとからかわれ、いじめられました。雌《めす》猿たちは私を見てくすくす笑い合いました。猿たちはちょっとした違いにとても敏感なのです。彼らから見ると、私の挙動にはどこか滑稽なところが、あるいは不快感や苛立ちを招くような部分があったようです。そんなこんなでだんだん居づらくなりまして、いつしか群れを離れて一人で生活をするようになりました。いわゆる『はぐれ猿』です」

「淋しかっただろうね」

「はい、それはもう。誰も私の身を護ってはくれませんし、一人でなんとか食料を確保し、生き延びて行かなくてはなりません。しかしなんといっても、いちばんつらかったのは、誰ともコミュニケーションがとれなかったことです。猿ともしゃべれませんし、人ともしゃべれません。孤独であるというのはとても切ないものです。もちろん高崎山にもたくさん人が見えますが、だからといって誰彼かまわず、そのへんの人に話しかけることはできません。そんなことをしたら、きっとひどい混乱が起きていたことでしょう。つまり私は猿社会にも属せず、人間社会にも属せない、どっちつかずの半端で孤独な猿に成り果ててしまったのです。身を切られるような日々でありました」

「ブルックナーも聴けないし」

「はい、そんなものとは無縁の世界です」と品川猿は言った。そしてまたビールを一口飲んだ。僕は猿の顔を注意してみていたのだが、もともと赤い顔色がそれ以上赤くなるようなことはなかった。アルコールに強い猿なのかもしれない。それとも猿の場合、酔いは顔に出ないのかもしれない。

「もうひとつ、私の心を最も苛《さいな》んだのは女性関係でした」

「ほう」と僕は言った。「女性関係というと？」

「簡単に申しますと、私は雌の猿たちに対して性欲というものをまったく抱けなかったのです。そういう機会も何度かあったのですが、正直に申し上げて、どうしてもその気になれませんでした」

「猿なのに、雌の猿が相手では性欲がそそられなかった？」

「はい、そのとおりです。恥ずかしながらありのままを申し上げまして、私はいつの間にか、人間の女性にしか恋情を抱けない体質になってしまっていたのです」

僕は黙って自分のグラスのビールを飲み干した。そして柿ピーの袋を開けて、ひとつかみ手のひらに載せた。「それは現実的に、いささか困ることになるかもしれないね」

「はい、それは現実的にとても困ります。だってなにしろ私はこのような猿の身ですから、人間の女性が進んで私の欲求にこたえてくれるというようなことは、まず期待できません。おそらく遺伝学的にも間違った行いですし」

僕は黙って話の続きを待った。猿はひとしきり耳の後ろを掻《か》いていたが、やがて言った。

「そのようなわけで、私はこの満たされぬ恋情を解消するための、自分なりの別の方法をとらなくてはなりませんでした」

「別の方法って、たとえばどんな？」

猿の眉間《みけん》の皺が一瞬ぎゅっと深くなった。赤い顔面も少しばかり黒ずんだようだった。

「信じていただけないかもしれませんが」と猿は言った。「というか、たぶん信じていただけないだろうと思うのですが、あるときから、私は好きになった女性の名前を盗むようになったのです」

「名前を盗む？」

「はい。どうしてかはわかりませんが、私には生まれつきそういうとくべつな能力がそなわっていたようです。そうしようと思えば、私には誰かの名前を盗んで、それを我がものにすることができるのです」

僕の頭は再び混乱し始めた。

「よくわからないんだけど」と僕は言った。「君が誰かの名前を盗むということは、つまりその誰かは自分の名前をすっかりなくしてしまうということになるのかな？」

「いいえ。その人がまったく名前をなくすというようなことは起こりません。私が盗んでいくのはその名前の一部分、ひとかけらに過ぎません。しかし取られたぶん、名前の厚みが少し薄くなる、重量が軽くなるということはあります。日がいくらか陰《かげ》って、地面に落ちた自分の影がそのぶん淡くなるのと同じように。ことによってはそのような欠損が生じても、ご本人は明確には気づかれないかもしれません。なんだかちょっとおかしいなと感じるくらいで」

「でも中にははっきり気づく人もいるわけだね？　自分の名前の一部が盗まれてしまったことに」

「はい。そういう方ももちろんおられます。自分の名前が思い出せないみたいなことが、時として起こります。言うまでもなく、これはとても不便なことです――不都合なことです。それから自分の名前が自分の名前に思えなかったりもします。そしてその結果ある場合には、アイデンティティーの危機に近いことさえ持ち上がります。そういうのはそっくりすべて私のせいです。私がその人の名前を盗んだからです。それはまこと申し訳ないことだと思っています。良心の呵責《かしゃく》が何かにつけ、私に重くのしかかります。しかしいけないことだとは知りながら、どうしても盗まずにはいられないのです。言い訳するのではありませんが、私のドーパミンが私にそう命ずるのです。ほら、いいから名前を盗んぢまえ、なにも法律にひっかかるわけじゃないんだから、と」

僕は腕組みをしてしばらくその猿を眺めていた。ドーパミン？　そしてようやく言った。「君が盗むのは、恋心を抱いたというか、性的欲望を抱いた女性の名前に限られているんだね」

「はい。そのとおりです。誰彼かまわず名前を盗んだりするような乱暴なことはしません」

「これまでに何人くらいの名前を盗んだのかな？」

猿は神妙な顔つきで指を折って数えた。指を折りながら、もそもそと小声で何かを呟《つぶや》いていた。それから顔を上げた。「全部で七人です。七人の女性の名前を私は盗みました」

それが数として多いのか少ないのか、急には見当がつかない。僕は猿に尋ねた。

「名前というのはどのようにして盗むのだろう？　よかったらそのやり方を教えてもらえないかな？」

「そうですね、主に念力を使います。集中力、精神的エネルギーです。しかしそれだけでは足りません。その人の名前が記された、形あるものが必要です。IDが最も理想的です。運転免許証とか学生証とか保険証とかパスポートみたいな。それから何らかの名札のようなものでもかまいません。とにかくそういう具体的な物体を手に入れなくてはなりません。だいたいは盗みます。盗むしかありません。こう見えて猿ですから、留守中に部屋に忍び込んだりするのはけっこう得意とするところです。そこで何かしら名前の書いてある適当なものを探し出し、持ち帰ります」

「そしてその女性の名前が書かれた物体と、君の念力とを用いて、相手の名前を盗むわけだ」

「そのとおりです。そこに記された名前を長いあいだ凝視し、気持ちを一点に集中し、恋する相手の名前を意識の中にそっくり取り込みます。時間もかかりますし、精神も肉体もずいぶん消耗いたしますが、一心不乱になんとか成し遂げます。そして彼女の一部分は私の一部分となります。そうすることで、私の行き場を持たぬ恋情はそれなりにつつがなく満たされるのです」

「肉体的な行為は抜きにして？」

猿は強く肯いた。「はい、私はあくまで猿ですが、決して下品な真似はいたしません。愛する女性の名前を自分のものにする――それだけで十分なのです。それはたしかに性的な悪行ではありますが、また同時にどこまでも清くプラトニックな行為でもあるのです。私は心の中にあるその名前を、ただひっそりと一人愛でるだけです。あたかも優しい風が草原をそっと渡っていくかのように」

「ふうん」と僕は感心して言った。「それはたしかに、ある意味では究極の恋愛と言えるかもしれないな」

「はい、それはある意味では究極の恋愛であるかもしれません。しかし同時に究極の孤独でもあります。言うなれば一枚のコインの裏表です。そのふたつはぴたりとくっついて、いつまでも離れません」

話はそこでとりあえず一段落し、私と猿はそれからしばらく黙ってビールを飲み、柿ピーとさきイカを少しずつ食べた。

「最近でも君は、誰かの名前を盗んでいるのかな？」と僕は尋ねた。

猿は首を振った。そして腕に生えた硬い毛を指でつまんだ。まるで自分が本物の猿であることをあらためて確かめるみたいに。「いいえ、最近は誰の名前も盗んではいません。この町に来てからは心を決め、そういう悪行とはきっぱりと縁を切りました。おかげさまでここのところ、このちっぽけな猿の魂はそれなりの平穏を得ております。これまでに手に入れた七人の女性のお名前を、心の中で大事にまもりながら穏やかな日々を送っております」

「それは良かった」と僕は言った。

「僭越《せんえつ》なお願いかもしれませんが、愛に関しまして、つたない私的な意見をひとつ述べさせていただいてよろしいでしょうか？」

「もちろん」と僕は言った。

猿は何度か大きく瞬《またた》きをした。長いまつげが、風に吹かれる棕櫚《しゅろ》の葉のようにはらはらと上下した。それから一度ゆっくり息をついた。走り幅跳びの選手が助走の前にするような深い呼吸だった。

「私は考えるのですが、愛というのは、我々がこうして生き続けていくために欠かすことのできない燃料であります。その愛はいつか終わるかもしれません。あるいはうまく結実しないかもしれません。しかしたとえ愛は消えても、愛がかなわなくても、自分が誰かを愛した、誰かに恋したという記憶をそのまま抱き続けることはできます。それもまた、我々にとっての貴重な熱源となります。もしそのような熱源を持たなければ、人の心は——そしてまた猿の心も——酷寒の不毛の荒野となり果ててしまうでしょう。その大地には日がな陽光も差さず、安寧《あんねい》という草花も、希望という樹木も育ちはしないでしょう。私はこうしてこの心に（と言って猿は自分の毛だらけの胸に手のひらをあてた）、かつて恋した七人の美しい女性のお名前を大事に蓄えております。私はこれを自分なりのささやかな燃料とし、寒い夜にはそれで細々と身を温めつつ、残りの人生をなんとか生き延びていく所存です」

そこで猿はまたくすくす笑った。そして何度か軽く首を振った。

「しかしどうも変な言い方ですね。背反的と申しますか。〈猿の人生〉だなんてね。ふふふ」

二本の大瓶のビールを全部飲んでしまうと、時刻はもう十一時半になっていた。そろそろ失礼しなくては、と猿は言った。「なんだか良い心持ちになって、すっかり話し込んでしまいました。申し訳ありません」

「いや、とても興味深い話だったよ」と僕は言った。興味深い話、という表現はあまり適切とは言えないかもしれない。だって、猿を相手にビールを飲みながら会話をするというだけでも、相当に不可思議な体験なのだ。その猿がブルックナーを愛好し、性欲に（あるいは恋情に）駆られて人間の女性の名前を盗んできたとなると、これはもう「興味深い」どころか、とてつもない話になってしまう。しかし猿の気持ちを必要以上に刺激しないために、僕としてはできるだけ穏やかな表現を選んだわけだ。

僕は別れ際に猿に千円札を一枚チップとして手渡した。「少ないけど、これで何かおいしいものでも食べなさい」と。

猿は最初固辞したが、もう一度すすめると、素直に受け取った。そして札を折りたたみ、トレーニング・パンツのポケットに大事そうにしまった。

「どうもありがとうございます。愚にもつかない猿の身の上話をお聞かせして、ビールをごちそうになり、そのうえにこんなご親切なお心遣いまでいただきまして、まことに痛み入ります」

そして猿は空になったビール瓶とグラスを盆に載せ、それを持って引き上げていった。

翌日の朝、宿を出てそのまま東京に戻ったのだが、そのとき猿とはまったく顔を合わせなかった。帳場には、毛髪と眉毛のないどことなく不気味な老人も、年老いた鼻の悪い猫もいなかった。愛想の悪い太った中年女に、昨夜の追加のビール代を払いたいと言ったが、彼女は追加のビールなんて出していないと言い張った。だいたいうちには自動販売機の缶ビールしかありません。瓶ビールなんて出せっこありませんよ。

また意識が少し混乱した。現実と非現実があちこちででたらめに位置を交換するような感触があった。僕は確かに前の夜、猿と一緒によく冷えたサッポロ・ビールの大瓶を二本飲み、彼の身の上話を聞いたのだ。

　中年女に猿の話をしようかとも思ったが、思い直してやめた。ひょっとしたら、そんな猿はどこにも実在せず、すべては僕の湯あたりした頭に浮かんだ妄想だった、ということになるかもしれない。あるいは僕はただ、リアルで奇妙な長い夢を見ていただけかもしれない。そうなると、「おたくの旅館では言葉がしゃべれる年寄りの猿を従業員として使っているでしょう」などと言い出したら、おかしな具合になってしまうだろうし、下手をすれば狂人扱いされるかもしれない。それとも旅館は税務署だか保健所だかの手前、猿を従業員として使っていることを、表だって公表できないのかもしれない（それはじゅうぶんあり得ることだ）。

　帰りの列車の中で、猿から聞かされた話を最初からひとつひとつ思い返した。そしてそこで語られた言葉を、仕事用のノートに思い出せる限りメモした。東京に戻ってから、その一部始終を細かく書き留めようというつもりでいたからだ。

　もし仮に猿が実在していたとしても――実在したとしか思えないのだが――その猿がビールを飲みながら語ったことを、どこまで真に受けて良いものか、僕には公正には判断できなかった。女性の名前を盗んで自分のものにしてしまうなんてことが、本当にできるのだろうか？　それはその品川猿にだけ与えられた特殊な能力なのだろうか？　そしてその猿が虚言症じゃないと誰に断言できるだろう？　もちろん虚言症の猿がいるなんて話は聞いたこともないが、人間の言葉を巧みに話せる猿がいるのなら、虚言癖を持つ猿がいたとしても原理的には不思議はないはずだ。

でも僕は仕事柄、これまでたくさんの人のいろんな話を聞いてきたし、どの話が信用できて、どの話があまり真に受けられないか、おおよその見当はつく。ある程度長く話していれば、話し手の微妙な雰囲気や、彼（彼女）の送り出す様々なサインから、そのへんはだいたい直観的に察せられるものだ。そして僕としては、品川猿が作り話を語ったとはどうしても思えなかった。彼の目つきや表情、時折考え込む様子、ちょっとした間の取り方、様々な仕草、言葉のつっかえ方、どれをとってもきわめて自然だったし、そこに作り物らしき要素はまるで見受けられなかった。そして何より僕はその猿の告白の、痛々しいまでの正直さを認めてやりたかった。

気楽な一人旅を終えて東京に戻り、僕は再び都会での慌ただしい生活に立ち戻った。大して仕事も引き受けていないはずなのに、年を取るごとになぜか日々が忙しくなっていく。そして時間の流れがどんどん速度を増していく。結局、品川猿のことは誰にも話さなかったし、また文章にも書かなかった。そんな話をしても、きっと誰も信じてくれないだろうと思ったからだ。たぶん「それ、また話をつくっているでしょう」と言われるのがおちだ。文章にしなかったのは、いったいどのような形式でそれを語ればいいのか、見当もつかなかったからだ。事実として書くにはあまりに突飛《とっぴ》すぎて、具体的な証拠を――つまりその猿の実物を――差し出さない限り、誰もそんな話を信じてはくれないだろう。かといってフィクションとして書くには、話の焦点と結論が今ひとつ明確ではない。書く前から、原稿を読み終えた編集者の困惑した顔が目に浮かぶ。「こんなことを作者ご本人にうかがいたくはないのですが、この話のテーマはいったい何なのでしょう？」みたいなことを訊かれるかもしれない。

テーマ？　そんなものはどこにも見当たらない。ただ人間の言葉をしゃべれる老いた猿が群馬県の小さな町にいて、温泉宿で客の背中を流し、冷えたビールを好み、人間の女性に恋をし、彼女たちの名前を盗んでまわったというだけのことだ。そんな話のどこにテーマがあり、教訓があるだろう？

そしてそうこうするうちに、その温泉町での不思議な出来事の記憶は、僕の中で少しずつ薄らいでいった。どれほど鮮やかな記憶も、時間の力にはなかなか打ち勝てないものだ。

それから五年が経過した今、そのときノートブックに書き残した覚え書きを元に、こうして品川猿の話を書き起こしているのは、つい最近いささか気がかりな出来事に遭遇したからだ。もしその出来事がなかったら、僕がこの文章を書くことはなかったかもしれない。

僕はその午後、赤坂にあるホテルのコーヒーラウンジで仕事の打ち合わせをしていた。打ち合わせの相手はある旅行雑誌の女性編集者だった。たぶん三十歳前後で、なかなか美しい女性だった。小柄で髪が長く、肌がきれいで、大きなチャーミングな目をしていた。有能な編集者でもある。そしてまだ独身ということだ。僕はそれまでにも何度か彼女と一緒に仕事をしており、ある程度気心は知れていた。仕事の打ち合わせが終わって、そのあとコーヒーを飲みながら軽い世間話をしていた。

彼女の携帯電話の呼び出し音が鳴って、彼女は遠慮がちに僕の顔を見た。僕はどうぞ電話に出て、と手振りで示した。彼女は相手の番号をチェックしてから電話に出た。用件はどうやら何かの予約確認のようだった。レストランの予約だか、宿泊施設の予約だか、飛行機便の予約だか、そんなものだ。彼女は手帳を見ながらしばらく話していたが、やがて困ったように僕の顔を見た。

「すみません」と彼女は電話の送話口を手で塞《ふさ》ぎ、小声で僕に言った。「妙なことをお訊きしますが、私の名前はなんでしたっけ？」

僕は一瞬息を呑んだが、何気ない顔で彼女の姓名を教えた。彼女は肯いて、その名前を電話の相手に告げた。そして電話を切り、僕に詫びた。

「どうも申し訳ありませんでした。どうしてか、自分の名前が急に思い出せなくなったんです。お恥ずかしいことですが」

「そういうのって、ときどき起こることなの？」と僕は尋ねた。

彼女はどうしようか少し迷っているようだったが、やがて肯いた。「はい、ここのところ、そういうことがしばしば起こります。自分の名前が思い出せなくなるんです。まるでブラックアウトしたみたいに」

「他のことで思い出せないことってある？　たとえば自分の誕生日が思い出せないとか、電話番号とか暗証番号が思い出せないとか？」

彼女はしっかり首を横に振った。「いいえ、そんなことはまったくありません。私はもともと記憶力がいい方ですし、友人たちの誕生日も全部そらで言えます。誰の名前も、ど忘れしたことなんて一度もありません。なのに自分の名前に限って、ときどき思い出せなくなるんです。理解しがたいことです。二、三分くらいすると記憶がだんだん戻っては来るんですが、その二、三分ほどの空白は何かと不便ですし、自分が自分ではなくなっていくような不安にも襲われます」

僕は黙って肯いた。

「これはひょっとして、若年性認知症の前触れとか、そういうことなのでしょうか？」

僕はため息をついた。「さあ、医学的なことは僕にはよくわからないけれど、でもそれはいつ頃から始まったんだろう？　君が自分の名前を急に思い出せなくなるという症状は？」

彼女は目を細めてしばらく考えていた。「始まったのは、たぶん半年ばかり前だと思います。お花見のときに、自分の名前が思い出せなかったという記憶がありますから。それがたしか最初の体験でした」

「妙なことを訊くみたいだけど、その頃に君は何かをなくさなかったかな？　ＩＤ代わりになるもの、たとえば運転免許証とか、パスポートとか、保険証とか、そういうものを」

彼女はしばらく小さな唇を嚙みながら考えていた。それから言った。

「はい、そういえばその頃に運転免許証をなくしました。お昼休みに公園のベンチで休んでいまして、すぐ隣にハンドバッグを置いていたんです。で、コンパクトを出して口紅を塗り直していたんですが、ところが次に隣を見るとハンドバッグがなくなっていました。それは理解に苦しむことでした。というのは、バッグから目を離していたのはほんの僅《わず》かな時間でしたし、そのあいだ何の気配も感じなければ、誰の足音も聞こえなかったからです。見回しても、周囲に人影もありません。静かな公園でしたし、もし誰かがやってきてバッグを盗んでいったとしたら、間違いなく気づいたはずです」

僕は何も言わず、彼女の言葉を待った。

「不思議なのはそれだけではありません。その日の午後すぐに警察から連絡がありまして、私のバッグが見つかったと言われました。バッグは公園近くの交番の前に置かれていたそうです。中身はほとんどすべて無事でした。現金も、クレジットカードも、キャッシュカードも、携帯電話も、すべてそのまま手つかずで残されていました。ただ運転免許証だけが消えていたのです。それだけがお財布から抜き取られていました。そういうのはまずあり得ないことだと、警察の人も驚いていました。現金も盗まず、運転免許証だけを盗んで、おまけに交番の前にわざわざバッグを置いていくなんて」

僕はひそかにため息をついたが、やはり何も言わなかった。

「それがたしか三月末のことでした。私はすぐに鮫洲《さめず》の運転免許証窓口まで行って、新しい免許証を交付してもらいました。なんだかわけのわからない不思議な出来事でしたが、そんなわけで、幸いなことに実害というほどのものはありませんでした。鮫洲は会社のわりに近くですから、そんなに手間もかかりませんでしたし」

「鮫洲はたしか品川区だったよね？」

「そうです。東大井にありますす。うちの会社は高輪にありますから、タクシーですぐです」と彼女は言った。それからふと怪訝《けげん》そうな表情を顔に浮かべて僕を見た。「あの、私が自分の名前を思い出せなくなったことと、免許証を盗まれたこととが何か関連しているのでしょうか？」

僕は慌てて首を振った。ここで彼女に品川猿の話を持ち出すわけにはいかない。もしそんなことをしたら、彼女はきっとその猿の居場所を僕から聞き出すだろうし、猿に直接会いにあの旅館に行ったりするかもしれない。事情を厳しく問い詰めるために。

「いや、関連性なんてない。ただふと思いついて訊いてみただけだよ。名前がらみということで」と僕は言った。

彼女はまだ納得できないという顔で僕を見ていた。でも僕は危険を承知の上で、更にもうひとつ大事な質問をしないわけにはいかなかった。

「ところで君は最近、どこかで猿を見かけたことはある？」

「猿ですか」と彼女は言った。「モンキーの猿ですね？」

「そう。実物の生きた猿を」と僕は言った。

彼女は首を横に振った。「いいえ、この何年か猿を目にしたことは一度もないと思います。動物園でも、それ以外のどこかでも」

品川猿は再び活動を始めたのだろうか？　それともそれは彼の手口を真似た別の猿の犯行なのだろうか（コピー・モンキー）？　あるいはそれは猿以外の何かの仕業なのだろうか？

品川猿が再び「名前盗み」を開始したとは、僕は思いたくなかった。七人の女性たちの名前を心に蓄えているだけでもう十分だ、あとはこの群馬県の小さな温泉町で心静かに余生を送りたいと、その猿は僕に淡々と語ったのだ。それは彼の本心から出た言葉のように思えた。しかしその猿は、理性だけではどうしても抑えきれない、精神的な宿痾《しゅくあ》を抱えていたのかもしれない。その病が、そして彼のドーパミンが、「いいからやっちまえ」と強く彼に迫っているのかもしれない。それが彼を再び品川に戻し、悪癖を再開させたのかもしれない。

僕自身もいつかそれを試してみることになるかもしれない——眠れぬ夜なんかに、思いもよらずそんなとりとめもない考えを抱いてしまうこともある。僕は恋情を抱く女性のIDなり名札なりを手に入れ、意識を「一心不乱に」集中して彼女の名前を自分の内に取り込み、彼女の一部をひそかに所有することになるかもしれない。それはいったいどんな気持ちのするものなのだろう？　いや、そんなことはまず起こらないはずだ。僕はもともと手先があまり器用ではないし、他人の所有する何かをこっそり盗み出すなんて、まずできっこないだろうから。たとえその何かが形を持たぬものであり、またその盗みが法律には抵触しないとしてもだ。

究極の恋情と、究極の孤独――僕はそれ以来ブルックナーのシンフォニーを聴くたびに品川猿の「人生」について考え込んでしまう。小さな温泉町の、みすぼらしい旅館の屋根裏部屋で、薄い布団にくるまって眠っている老いた猿の姿を思う。並んで壁にもたれてビールを飲みながら、彼と一緒に食べた柿ピーとさきイカのことを思う。

旅行雑誌の美しい女性編集者とは、それ以来一度も会っていない。だから彼女の名前がその後どのような運命を辿《たど》ったか、僕には今のところわからない。大きな不都合がなければいいのだがと思っている。彼女には何の罪も責任もないのだから。しかし悪いとは思うのだが、彼女に品川猿の話をすることはやはりできない。

一人称単数

普段スーツを身に纏《まと》う機会はほとんどない。あってせいぜい年に二度か三度というところだ。私がスーツを着ないのは、そういう格好をしなくてはならない状況がほとんど巡《めぐ》ってこないからだ。場合に応じてカジュアルなジャケットを着ることはあるが、ネクタイまでは結ばない。革靴を履くこともまずない。私が自分のために選択したのは、あくまで結果的にではあるが、そのような種類の人生だった。

しかしときどき、とくにそんな必要もないのに、自ら進んでスーツを着てネクタイを結んでしまうことがある。どうしてか？　クローゼットを開けて、どんな服があったかを点検していて（そうしないと自分がどんな服を所有しているかわからなくなってしまうから）、買ってからほとんど袖を通していないスーツや、クリーニング店のビニールに包まれたままのドレス・シャツや、結ばれた形跡も見えないネクタイを眺めているうちに、なんとなくそれらの衣服に対して「申し訳ない」という気持ちが湧いてきて、試しにちょっと着てみる。まだちゃんと覚えているかどうかを試すために、ネクタイのいくつかの結び方を試してみる。ディンプル（えくぼ）もつくってみる。それをするのは一人で家にいるときに限られている。誰かがいると、どうしてそんなことをするのかいちおう説明をしなくてはならないから。

で、実際にそういう格好をしてみると、せっかくこうしてスーツを着たんだから、すぐに脱いでしまうのもつまらないし、この格好で少し外に出てみようかという気持ちになる。そのようにして私はスーツを身に纏い、ネクタイを結んだ姿でひとりで街を歩く。それなりに悪くない気分ではある。顔つきや歩き方も普段とは少し違っているような気がする。そういう日常から離れた、新鮮な感覚がある。でも一時間くらいあてもなく通りを歩いているうちに、目新しさも次第に薄れてくる。スーツを着てネクタイを締めていることに疲れ、首まわりもむずむずして息苦しくなってくる。革靴の足音が路面に堅く大きく響きすぎる。家に帰って革靴を脱ぎ、スーツを脱ぎ、ネクタイを外し、くたくたのスエットシャツとジャージ・パンツに着替えてソファに寝転び、安らかな気持ちになる。それはほんの一時間ばかりの害のない——少なくとも私にとってはとくに罪悪感を抱く必要のない——秘密の儀式なのだ。

その日、私は一人きりで家にいた。妻は中華料理を食べに出ていた。私は中華料理をまったく食べないので（どうやら中華料理で使われる香辛料の中に、アレルギーを引き起こすものがいくつかあるみたいだ）、彼女は中華料理を食べたくなると、親しい女友だちを誘ってどこかに食べに行く。

一人で簡単な夕食を済ませたあと、ジョニ・ミッチェルの古いLPを久しぶりに聴きながら、読書用の椅子に座ってミステリー小説を読んでいた。それは私の好きなアルバムだったし、私の好きな作家の新刊だった。しかしなぜか気持ちが落ち着かず、音楽にも読書にもうひとつ意識を集中できなかった。録画しておいた映画でも観ようかと思ったが、観たい映画がひとつも見当たらなかった。そういう日がたまに巡ってくる。自由な時間があり、何か好きなことをしようと思っても、何をすればいいのかうまく思いつけない。やりたいことは数多くあったはずなのに……。そして何をするともなく部屋をうろうろしているうちに、そうだ、たまにはスーツでも着てみようかという気持ちになった。

数年前に買ったポール・スミスのダーク・ブルーのスーツ（必要があって買ったのだ

が、まだ二度しか袖を通したことがない）をベッドの上に広げ、それに合わせてネクタイとシャツを選んだ。淡いグレーのワイドスプレッドのシャツに、ローマの空港の免税店で買ったエルメネジルド・ゼニアの細かいペイズリー柄のネクタイだ。全身鏡の前に立ち、スーツを着てネクタイを結んだ自分の姿を映してみた。悪くはない。少なくとも目に見えるような落ち度は見当たらない。

しかしその日、私が鏡の前に立って感じたのはなぜか、一抹の後ろめたさを含んだ違和感のようなものだった。後ろめたさ？　どのように表現すればいいのだろう……それは自分の経歴を粉飾して生きている人が感じるであろう罪悪感に似ているかもしれない。法律には抵触していないにせよ、倫理的課題を含んだ詐称だ。こんなことをしていてはいけない、結局はろくなことにならないと思いつつも、やめることができない、そういう類《たぐ》いの行為がもたらす居心地の悪さだ。あくまで想像するしかないわけだが、人に隠れて女装をする男たちが感じるのもそれに似た心情かもしれない。

でも考えてみれば不思議な話だ。私は成人してから既に長い年月を経た人間であり、毎年税金の確定申告をし、然《しか》るべき額を遅延なく支払い、今のところ交通違反の他には犯罪歴もなく、教養だって十分とは言えないまでもそこそこはある。バルトークとストラヴィンスキーのどちらが先に生まれたかもたまたま知っている（知っている人はそれほど多くないはずだ）。そして私が今こうして身につけている衣服はすべて、合法的な——少なくとも非合法ではない——日々の労働によって得られた収入で購入したものだ。後ろ指をさされる要素は何ひとつないはずだ。なのにどうしてそのような罪悪感、ないしは倫理的違和感を抱かなくてはならないのだろう？

まあ、誰にだってそういう日もあるのだと、自分に言い聞かせた。ジャンゴ・ラインハルトが正しいコードを押さえ損ねる夜だってあるし、ニキ・ラウダがギアを入れ損なう午後だってある（たぶんあると思う）。だからそのことについて、それ以上深くは考えないことにした。そしてスーツを着たまま、コードヴァンの黒い革靴を履いて一人で街に出た。本当は直観に従って、家でおとなしく映画でも観ていればよかったのだろうが、それはむろん「あとになってみれば」という結果論に過ぎない。

気持ちの良い春の宵《よい》だった。空には明るい満月が浮かんでいた。通りに並んだ街路樹は緑の若い芽をつけ始めていた。散歩するにはちょうど良い気候だ。しばらくあてもなく街を歩いてから、バーに行ってカクテルでも飲むことにした。いつも行く近所の馴染みのバーではなく、少し足を延ばして、これまで一度も入ったことのないバーに入ってみた。いつも行くバーだと、顔見知りのバーテンダーにきっと「どうしたんですか、今日は？　スーツにネクタイなんてずいぶん珍しいじゃないですか」みたいなことを言われるだろうし、その理由をいちいち説明するのは面倒だったから（そもそも理由などないのだから）。

まだ宵の口だったから、ビルの地下にあるそのバーはすいていて、四十歳くらいの二人連れの男性客がブース席に座っているだけだった。仕事帰りのサラリーマンらしく、ダークスーツに目立たないネクタイを結んでいた。二人は額を寄せるようにして、小さな声で何かを語り合っていた。テーブルの上には書類のようなものが置かれていた。たぶん仕事に関連した話をしているのだろう。それともただ競馬の予想でもしているのかもしれない。どちらにせよ私には関わりのないことだ。私はそこから離れたカウンターの、できるだけ照明の明るい席を選んで座り（本を読むためだ）、蝶ネクタイを結んだ中年のバーテンダーに、ウォッカ・ギムレットを注文した。

少しして冷たい飲み物が目の前の紙コースターの上に置かれると、ポケットからミステリー小説を取りだして、読みかけていた続きを読んだ。結末まではあと三分の一くらいだった。前にも述べたように、私の比較的好きな作家の新刊だったが、残念ながら今回はあまり興味をそそられる筋立ての物語ではなかった。おまけに途中で人物と人物の関係がよくわからなくなってしまった。それでも半ば義務的に、半ば習慣的にその小説を読み続けた。いったん読みかけた本を途中で放り出すのが、昔から好きではない。最後の方になって急に面白い展開になるかもしれない——そんなことが実際に起こる確率はずいぶん低いものなのだが。

ウォッカ・ギムレットを時間をかけてすすりながら、二十ページばかりその本を読み進めたが、なぜかここでも自宅にいたときと同じように、読書に神経を集中することができなかった。そしてそれは、小説がそれほど面白くないという理由からだけではなさそうだった。またバーの雰囲気が落ち着かないというのでもない（余計な音楽もかかっておらず、適度な照明もあり、読書をする環境としてはまず申し分なかった）。それはたぶん、私が先刻から感じ続けている漠然とした違和感のせいであるようだった。そこには微妙なずれの意識があった。自分というコンテントが、今ある容《い》れ物にうまく合っていない、あるいはそこにあるべき整合性が、どこかの時点で損なわれてしまったという感覚だ。ときどきそういうことがある。

カウンターの向かいの壁には、様々な酒瓶を並べた棚があった。その背後の壁は大きな鏡になっており、そこに私の姿が映っていた。それをじっと見ていると、当然のことではあるが、鏡の中の私もこちらの私をじっと見返していた。そのとき私はふとこのような感覚に襲われた——私はどこかで人生の回路を取り違えてしまったのかもしれない。

そしてスーツを着てネクタイを結んだ自分の姿を見つめているうちに、その感覚はますます強いものになっていった。見れば見るほどそれは私自身ではなく、見覚えのないよその誰かのように思えてきた。しかしそこに映っているのは——もしそれが私自身でないとすれば——いったい誰なのだろう？

私のこれまでの人生には——たいていの人の人生がおそらくそうであるように——いくつかの大事な分岐点があった。右と左、どちらにでも行くことができた。そして私はそのたびに右を選んだり、左を選んだりした（一方を選ぶ明白な理由が存在したときもあるが、そんなものは見当たらなかったことの方がむしろ多かったかもしれない。そしてまた常に私自身がその選択を行ってきたわけでもない。向こうが私を選択することだって何度かあった）。そして私は今ここにいる。ここにこうして、一人称単数の私として実在する。もしひとつでも違う方向を選んでいたら、この私はたぶんここにいなかったはずだ。でもこの鏡に映っているのはいったい誰なのだろう？

本をいったん閉じ、鏡から目を逸《そ》らせた。そして何度か深呼吸をした。

気がつくと店は混み始めていた。無人のスツールを二つ挟んだ右手の席には一人の女性が座って、名前の知れない淡い緑色のカクテルを飲んでいた。連れはいないようだ。

あるいは知り合いがあとから来るのを待っているのかもしれない。私は本を読むふりをして、鏡に映った彼女をひそかに観察した。若い女性ではない。五十歳前後というあたりだろう。そして見たところ、自分の年齢を実際より若く見せようという努力をほとんど払っていないようだった。たぶん自分にそれなりの自信があるからだろう。小柄でほっそりとした体つきで、髪はぴったり程よい短さにカットされている。着こなしがなかなか洒落ていた。柔らかそうな布地の縞柄のワンピースに、ベージュのカシミアのカーディガンを羽織《はお》っていた。とりたてて美人という顔立ちではないものの、そこにはうまく完結した雰囲気のようなものが漂っていた。おそらく若いときは人目を惹く女性であったに違いない。多くの男たちに言い寄られたことだろう。彼女のさりげない身のこなしにそういう記憶の気配が感じられた。

私はバーテンダーを呼んで二杯目のウォッカ・ギムレットを注文し、つまみのカシューナッツを少し囓《かじ》り、また読書に戻った。ときどきネクタイの結び目に手をやった。まだそれがきちんと結ばれていることを確認するために。

十五分ほどあとには、彼女は私の隣のスツールに座っていた。カウンター席がだんだん混み合ってきて、新たに入ってきた客に押されるように、そこまでスライドしてきたのだ。どうやら彼女には連れはいないらしかった。私はダウンライトの下で、本をあと数ページというところまで読み進めていた。話が面白くなりそうな気配は相変わらず見えなかったのだが。

「失礼ですが」と突然彼女が私に声をかけた。

顔をあげて彼女の顔を見た。

「ずいぶん熱心に本を読んでらっしゃるみたいだけど、ちょっとうかがってよろしいでしょうか？」、小柄な女性のわりには低く太い声だった。冷ややかというほどではないにせよ、少なくともそこには友好的な、あるいは何かを誘いかけるような響きはまるで聞き取れなかった。

「いいですよ。とくに面白い本でもありませんから」と私は本にしおりを挟み、ページを閉じて言った。

「そんなことをしていて、なにか愉《たの》しい？」と彼女は尋ねた。

彼女が何を言おうとしているのか、うまく理解できなかった。私は身体を曲げるように横を向いて、彼女の顔を正面から見た。その顔には見覚えがなかった。私は人の顔を覚えるのが決して得意ではないけれど、これまでその女性に会ったことがないということにはかなりの確信が持てた。もしこの女性に以前に会っていたとしたら、間違いなくそのことを記憶しているはずだ。彼女はそういう種類の女性だった。

「そんなこと？」と私は聞き返した。

「洒落たかっこうをして、一人でバーのカウンターに座って、ギムレットを飲みながら、寡黙《かもく》に読書に耽《ふけ》っていること」

彼女が何を言おうとしているのか、相変わらずまるで理解できなかったが、そこに少なからざる悪意、あるいは敵対する意識が込められているらしいことだけは感知できた。私は彼女の顔を見ながら、黙って相手の話の続きを待った。彼女の顔には不思議なくらい表情がなかった。そこにあるはずの感情を相手に——つまりこの私に——いっさい読み取らせまいと心を定めているみたいに。彼女も長いあいだじっと黙っていた。たぶん一分間ほどだったと思うが。

「ウォッカ・ギムレット」、私は沈黙を破るために言った。

「なんですって？」

「ギムレットじゃなくて、ウォッカ・ギムレット」。無益な発言かもしれないが、両者の間にはやはり確かな違いがある。

彼女は小さく簡潔に首を振った。目の前を飛んでいるうるさい小蠅《こばえ》でも追いはらうみたいに。

「なんだっていいけど、そういうのが素敵だと思っているわけ？　都会的で、スマートだとか思っているわけ？」

私はたぶんそのまま勘定を払って、一刻も早くそこを退出するべきだったのだろう。それがこの手の状況における最良の対応であることはよくわかっていた。この女性は何かしらの理由があって私にからんでいるのだ。おそらくは私を挑発している。どうしてそんなことをしなくてはならないのか、そのわけはわからない。ただ単に虫の居所が悪かったのかもしれない。それとも私という人間の中にある特定の部位が、彼女の神経のつぼをネガティブに刺激し、苛立たせたのかもしれない。しかしいずれにせよ、そういう相手と関わりを持って、好ましい結果が生まれる見込みは限りなくゼロに近い。「失礼」と言って、にっこり微笑んで席を立ち（微笑みはあくまでオプションだが）、手早く勘定を済ませてできるだけ遠くに離れる——それが何より賢明なやり方だった。そしてそうしてはならない理由は何ひとつ見当たらなかった。私はもともと負けず嫌いの性格ではないし、大義の見えない争いは好むところではない。寡黙な撤退戦はむしろ得意とするところだ。

でもそのとき、なぜかそうはしなかった。何かが私がそうするのを押しとどめた。人はそれを好奇心と呼ぶかもしれない。

「失礼ですが、私はあなたのことを存じ上げていましたっけ？」と私は思い切って彼女に尋ねた。

女はぎゅっと目を細めて、何か不思議なものでも見るように私の顔を見た。目尻の皺がいくぶん深くなった。「存じ上げている？」。そして自分のカクテル・グラスを手にとり（私の記憶ではたぶんそれは三杯目だ）、中にあるものを——何かはわからないが——ひとくち啜《すす》るように飲んでから言った。「存じ上げている？　いったいどこからそんな言葉が出てくるわけ？」

もう一度あらためて記憶をさらってみた。私はこの女性とどこかで会っているだろうか？　ノーというのがやはりその答えだった。どう考えても、彼女に会ったのは今日が初めてのはずだ。

「あなたはひょっとして、私のことを他の誰かと取り違えているんじゃないかな」と私は言った。しかしその声は妙に乾いて抑揚を欠いており、なぜか自分の声のようには聞こえなかった。

彼女は冷ややかに小さく笑った。「そう思いたい？」。そしてバカラの薄いカクテル・グラスを目の前のコースターの上に置いた。

「それ、素敵なスーツね」と彼女は言った。「あなたには似合ってないけど。なんだか借り物の衣装を着ているみたい。ネクタイもそのスーツに今ひとつ雰囲気がそぐわない。

微妙にはじき合っている。そのネクタイはイタリアのもので、スーツはたぶん英国系ね」

「洋服にずいぶん詳しいんですね」

「洋服にずいぶん詳しい？」、彼女は少し驚いたように言って、唇を軽く開き、私の顔をあらためてまじまじと見た。「今さら何を言ってるの？　そんなこと当たり前でしょう」

当たり前？

私は知っている服飾業界の関係者を、頭の中でさらってみた。服飾業界にはほんの数人しか知り合いはいないし、すべて男性だった。どう考えても話の筋が通らない。どうしてそれが当たり前なのだ？

自分が今夜こうしてスーツを着て、ネクタイを結んでいる理由を彼女に説明しようかとも思ったが、思い直してやめた。そんな説明をしたところで、私に対する彼女の攻撃性が弱まるとは思えなかったからだ。かえって怒りの炎（らしきもの）に油を注ぐだけだろう。

私はグラスに少し残っていたウォッカ・ギムレットを飲み干し、バーのスツールから静かに降りた。どう考えてもそれが会話を切り上げる潮時だった。

「あなたはたぶん私を存じ上げていないと思う」と彼女は言った。

私は黙って肯《うなず》いた。そう、そのはずだ。

「直接にはね」と彼女は言った。「一度だけあるところでお目にかかったことはあるけれど。でもとくに親しく話をしたわけではないから、あなたはたぶん私のことを存じ上げていないと思う。それにあなたはそのとき、他のことにとても忙しそうだったし——

例によって」

例によって？

「でも私はあなたのお友だちの、お友だちなの」とその女は静かな、しかしきっぱりとした声で続けた。「あなたのその親しいお友だちは、というかかつて親しかったお友だちは、今ではあなたのことをとても不愉快に思っているし、私も彼女と同じくらいあなたのことを不愉快に思っている。思い当たることはあるはずよ。よくよく考えてごらんなさい。三年前に、どこかの水辺であったことを。そこでご自分がどんなひどいことを、おぞましいことをなさったかを。恥を知りなさい」

それが限界だった。あと数ページだけ読み残した本をほとんど反射的に手に取り、上着のポケットに突っ込んだ。その続きを読むつもりなどとっくに消え失せていたのだが。

手早く現金で勘定を払って店を出た。女はそれ以上は何も言わず、私が出て行くのをただじっと目で追っていた。私は一度も後ろを振り向かなかったが、彼女の痛烈な一対の視線を、扉の外に出るまでずっと上着の背中に感じ続けていた。その長く鋭い針で突かれたような感触は、ポール・スミスのスーツの上品な生地を抜け、背中に深い跡となって残った。

狭い階段を地上に向けて上りながら、少しでも考えを整理しようと試みた。私はそこで彼女に何か反論をするべきだったのだろうか？「それはいったいどういうことなのですか？」、そう具体的な説明を要求するべきだったのだろうか？彼女が口にしたことは、私にしてみれば、どう考えても身に覚えのない不当な糾弾だったのだから。

しかしなぜかそれができなかった。どうしてだろう？私はたぶん怖れていたのだと思う。実際の私ではない私が、三年前に「どこかの水辺」で、ある女性――おそらくは私の知らない誰か――に対してなしたおぞましい行為の内容が明らかになることを。そしてまた、私の中にある私自身のあずかり知らない何かが、彼女によって目に見える場所に引きずり出されるかもしれないことを。そんな目に遭うよりは、黙ってスツールから降り、故のない（としか私には思えない）厳しい非難を甘受しつつそこを立ち去ることを、私は選んだのだ。

それは適切な行いだったのだろうか？　もし同じようなことがもう一度起こったら、そのときも私はやはり同じ行動をとるのだろうか？

それにしても「水辺」っていったいどこのことなのだ？　その言葉は何かしら奇妙な響きを持っていた。そこは海なのか、湖なのか、川なのか、それとももっと特殊な水の集合体なのか？　三年前に私はどこかのまとまった水のそばにいただろうか？　記憶は辿《たど》れなかった。三年前というのがいったいいつのことなのか、それさえうまく把握できなかった。彼女が私に向かって口にしたことは、すべて具体的でありながら、同時にきわめて象徴的だった。部分部分は鮮明でありながら、同時に焦点を欠いていた。その乖《かい》離《り》が私の神経を奇妙な角度から締め上げていた。

いずれにせよ、ひどく嫌な感触のするものが口の中に残っていた。呑み込もうとしても呑み込めない、吐き出そうとしても吐き出せない何かだ。できれば単純に腹を立てたいと私は思った。だってこんな理不尽な、不快な目に遭わされるいわれはないのだから。そして彼女が私に対して行った仕打ちは、どう考えてもフェアとは言いがたいものだったから。何はともあれ、彼女が声をかけてくるまでは、それはずいぶん気持ちの良い穏やかな春の宵だったのだ。しかし不思議なくらい腹は立たなかった。迷いと困惑の波がそれ以外の感情を、あるいはロジックを、少なくとも一時的にどこかに流し去っていた。

階段を上りきって建物の外に出たとき、季節はもう春ではなかった。空の月も消えていた。そこはもう私の見知っているいつもの通りではなかった。街路樹にも見覚えはなかった。そしてすべての街路樹の幹には、ぬめぬめとした太い蛇《へび》たちが、生きた装飾となってしっかり巻きつき、蠢《うごめ》いていた。彼らの鱗《うろこ》が擦れる音がかさかさと聞こえた。歩道には真っ白な灰がくるぶしの高さまで積もっており、そこを歩いて行く男女は誰一人顔を持たず、喉の奥からそのまま硫黄《いおう》のような黄色い息を吐いていた。空気は凍りつくように冷え込んでおり、私はスーツの上着の襟《えり》を立てた。

「恥を知りなさい」とその女は言った。

初出

石のまくらに　「文學界」二〇一八年七月号
クリーム　「文學界」二〇一八年七月号
チャーリー・パーカー・プレイズ・ボサノヴァ　「文學界」二〇一八年七月号
ウィズ・ザ・ビートルズ　With the Beatles　「文學界」二〇一九年八月号
「ヤクルト・スワローズ詩集」　「文學界」二〇一九年八月号
謝肉祭（Carnaval）　「文學界」二〇一九年十二月号
品川猿の告白　「文學界」二〇二〇年二月号
一人称単数　書き下ろし

単行本　二〇二〇年七月　文藝春秋刊

DTP制作　ローヤル企画

文春文庫

一《いち》人《にん》称《しょう》単《たん》数《すう》

定価はカバーに表示してあります

2023年2月10日　第1刷

著　者　村《むら》上《かみ》春《はる》樹《き》
発行者　大沼貴之
発行所　株式会社 文藝春秋

東京都千代田区紀尾井町 3-23　〒102-8008
TEL　03・3265・1211㈹
文藝春秋ホームページ　http://www.bunshun.co.jp

落丁、乱丁本は、お手数ですが小社製作部宛お送り下さい。送料小社負担でお取替致します。

印刷製本・大日本印刷

Printed in Japan
ISBN978-4-16-791994-8